琢

谢 云 ◎著

中国言实出版社

图书在版编目(CIP)数据

琢 / 谢云著 . -- 北京 : 中国言实出版社 , 2023.10
ISBN 978-7-5171-4612-4

Ⅰ.①琢… Ⅱ.①谢… Ⅲ.①长篇小说－中国－当代
Ⅳ.①I247.5

中国国家版本馆 CIP 数据核字 (2023) 第 192189 号

琢

责任编辑：薛　磊
责任校对：李　岩

出版发行：中国言实出版社
　　　　　地　址：北京市朝阳区北苑路180号加利大厦5号楼105室
　　　　　邮　编：100101
　　　　　编辑部：北京市海淀区花园路6号院B座6层
　　　　　邮　编：100088
　　　　　电　话：010-64924853（总编室）　010-64924716（发行部）
　　　　　网　址：www.zgyscbs.cn　电子邮箱：zgyscbs@263.net

经　　销：新华书店
印　　刷：三河市华东印刷有限公司
版　　次：2024年1月第1版　　2024年1月第1次印刷
规　　格：880毫米×1230毫米　1/32　6.75印张
字　　数：170千字

定　　价：69.00元
书　　号：ISBN 978-7-5171-4612-4

01

蔡葵秋左膝跪地，临了拧开瓶盖，拿酒当孟婆汤泼，边泼边冲墓碑说："喝吧，喝醉就断了人间念想。这边你放心呐，捻捻明年大学毕业，眼看就有工作，就能赚钱，就能帮衬穗穗；穗穗过几天高考，保佑她也考到浙大。"

"大爹！"穗穗身穿校服，气喘吁吁，在蔡葵秋右侧跪下，肃穆而熟练地将手中干花摆在遗像前，然后闭目磕头，显得很累。她特意请假从学校赶来。蔡葵秋生怕她分心，课程紧，可她还是来了。

"下回吧，和你哥哥来时带点红漆，把这些字呀，都描描。啥都熬不过时光呐，才十年就褪成这样。"蔡葵秋借穗穗掣助之力站起身，患腿痛病四五年但今年明显更加吃力。他离开前照旧摸摸三弟那副憨诚的面额，就如当年哥俩玩斗鸡摸狗游戏。

瞥一眼碑旁的另一束干花，蔡葵秋心想，谁这么有心大清早赶来？差不多十年，没断过。

他下意识地抬起头，朝右瞅瞅，再往后瞥瞥，像在找人，在心里画出一个问号。穗穗不可能察觉到大爹如此举止，就连蔡葵秋本人，也是下意识里的反应。

天空干净得不挂半丝云絮，有架喷气式飞机由东向西横向飞过，留下条渐行渐淡的残迹；和风或熏风，或许叫蒲风，轻轻吹来，使西甄山公墓成排的垂枝圆柏看上去因动感而愈加葱绿。蔡葵秋抖抖左肩右臂，无奈且苦笑地说道："鸟屎也长眼呐，不偏不倚。"

穗穗赶紧掏出纸擦拭，却擦得花红柳绿；蔡葵秋有点烦躁，嘟囔着："算了算了，心思花在念书上。要考试了，还不抓紧呐，时间是金钱，更是生命！"后半句是父亲的口头禅。

鹅卵石铺就的坡路很滑，得蹩着走。穗穗紧挽大爹右臂，时不时支应声"知道啦！"她和哥哥在大爹家生活了十年，从没跟大爹拌过嘴。为供养哥哥上大学，大爹两鬓由黑变白；现在又要供自己，她不知如何是好，很纠结。上高三前偷偷跑东北饺子馆刷碗端盘子，想自食其力，被大爹冲进去连拉带扯，连骂带哭，从此再也不敢有歪主意，铁了心往前读。

下山后，蔡葵秋拦了辆出租车，司机竟是当年拉黄包车的小兄弟。从内衣口袋摸出两张皱巴巴的"炼钢工人"塞穗穗手里，补了句："祥子，麻烦你送到学校；我有事走走。"

学校和家方向垂直。这路投东投西都是他负责的片儿，每天天蒙蒙亮赶来，左一笤右一帚，哪有坑哪有坎他一清二楚，他就这样坑坑坎坎走了七八年！

杵在垃圾桶旁，他从上衣口袋掏支利群烟点着，轻轻吸了半口，烟雾在嘴里嚼来拌去。人与烟习惯了惺惺相惜，他从中品嚼出纾困和耐苦，也成了这辈子唯有的嗜好和奢侈。薪莞限定他每天只抽两支，说经她手整过的人十之八九都与肝病、肺病有关。

他左顾右盼，看看太阳已偏西，从左裤兜掏出老人机，本想给薪莞招呼声，可能晚点到家，但又挂了，打也白打。妻子本来回家就晚，每天跳完广场舞到家都在八九点钟，自己老早收拾完锅灶，备好洗澡水等她；又从右裤兜小心翼翼掏出个绸布烟袋，颜色说不准是红是紫还是蓝，是父亲留给他的，说从朝鲜带回的，烟袋里装只旧环，口径大成色深，两天前分拣垃圾时发现的，想着留给未来孙子玩。

父亲患有青光眼，脑后两块弹片至今无法取出造成性格怪异，可摸过枪筒的手越老越灵光，摸来摸去，突然动色：哪来的？快还给人家，拔凉透心，渗骨头，年头深，你夯不住！

蔡葵秋昨天跑典当铺咨询水老板，确信这是只镯子，有一股凉气，瘆得慌，年代久远，说不准是元朝、宋朝或是唐朝哪个阔家女臂上的挂饰，确切说是件臂钏，眼下按市面价，两三万？四五万？八万十万也说不准，水老板那迥异神秘的眼神，分明给蔡葵秋透了个没底的底。

虽是老店，多少年来蔡葵秋也从不光顾，偶尔路过也只是礼节性地点点头，心里想自己也没什么好当的。撅了烟袋刚要抬脚出门，右肩却碰着一个立在门扇背后那尊略显暗淡的雕像，吓他一跳。水老板打开暗灯，借光才能看个究竟：那雕像几乎与自己齐肩，上面刻画着一位老艺术家正在聚精会神，按自己的想象雕琢着，已初见眉目，镂刀正琢在镯子上，镯子戴在年轻母亲左手上；母亲眉清目秀，同样聚精会神地按她自己的想象雕琢着，右手持镂刀，琢着半人半兽、不伦不类的作品。

水老板赶紧取来麈尾，边拭边说："放七八年了，江陵学院美术系一个老教授拿来的。这料、这色，辉绿岩石料。有人看没人问，看的人都说色太艳价太悬，再说艺术家构思的东西看不懂。其实你跟它处久了，就觉得有意思，慢慢琢磨还真能弄出点眉目嘞。"

别人捉摸不透，他蔡葵秋自然更参不透。何况，那是艺术家们吃饱了把玩的，自个还正为吃喝拉撒奔波呢。

今早分拣垃圾，他多了份心思，关注过路人。不管路人甲路人乙，还是路人丙，个个神色急促，从东往西，由西返东，车匆人忙，跑自己的事，赶自己的路。多少年来他只顾低头看路，现在抬头看人，每个人的表情都写满了故事，丰富多彩，百读不厌，才后悔自己的迟悟与顿觉。其间，他试图拦住几位像失主模样的人问道："您丢东西了吗？"得到的回应好点地摇摇头，差点的回他句神经病。

他完全理解：人世间的确找不出非要让人停歇脚步的理由，但每位路人的眼神分明透出内心深处无尽又无奈的迷惑与索求，或其心路上不慎落下了什么，因而很现实地存在着失主与拾主的关系！生活再好，也不至于奢侈到"视金钱如粪土，看富贵为浮云"吧？至少我蔡葵秋，还没上升到如此境界，我现在最需要钱，而且是很多钱，我就是位"上有八十老母要养，下有小儿嗷嗷待哺"的中年汉子！我要拿这些钱供侄女上大学，而且马上，两个月内！

君子爱财取之有道，尽管我从未自诩为谦谦君子，但也未沦落到泛泛小人。

三弟夫妇在三十多岁时保险业务跑得正风生水起。那年农历五月，开车跑在通往黄羊滩的半路惨遭车祸，双双身亡。肇事司机逃逸至今无果，而车祸处正是摄像盲区。打那后，蔡葵秋费尽心思耗尽钱财为亲人鸣冤屈查实情，结果都杳无音信，包括求助网络平台呼吁以唤回肇事司机的良知。父亲嗫嗫嚅嚅地说，算了算了，死的就死了，活的折腾不起了，命金贵就那么一回，省着点；人在做天在看，良知讨不来，该来的迟早会来。

蔡葵秋咽咽口水，认命吧。他真跑不动也跑不起了，但冥冥之中有那么个影子，跟自己年岁差不多。

三弟有双儿女，只得由蔡葵秋接手抚养，那年捻捻十一岁、穗穗七岁。看着这对遗孤，身为大爹的他，心在流泪。他没理由拒绝这对孩子的监护和抚养权。正因为这样，妻子才离他而去，带走了十岁的儿子。其理由简单直白，简单得无以复加，直白得难以驳回：娃不是你弟弟的骨肉，更不是你生的，干吗那样上心。说白了，那俩就是拖油瓶。

父亲说，放重渊走吧，天要下雨娘要嫁人，留住人也留不住心。离婚手续办得干脆，娘俩走得更干脆，头都不回。目送与自己风雨同舟了十多年的糟糠之妻渐行渐远，蔡葵秋大脑中固有的"三观"轰然倒塌，但他没有任何埋怨。自己没赚大钱的本事，重渊说他这辈子注定是个落魄命，做不成啥气候：当初从布厂卖断工龄，投资办手工织布作坊，外婆在世时手把手地教他的吃饭绝活，只是好景不长，没有市场，只得放弃；接着拉黄包车，同样没几年光景，被出租车淘汰了；政府安置他当环卫工人，一直干到现在，再熬三年就退休了。人说"叶落知秋，举一明三"，他只明其一：把两孩子培养出来，走入社会，能自食其力。

重渊说得没错，这两个孩子也不是弟弟的亲骨肉。他俩与蔡家没有半丝血缘关系。三弟夫妇不知心怀何种隐情，身边平白冒出两娃，给家人的解释是：客户出事了，他们受之代为照管。尽管理由牵强，别人也不好"打破砂锅"。没过两年他俩跟着出事，这事也就凉了。关键是父亲发话了：不管谁家娃，只要是条命，就得养着，领进蔡家门就是蔡家人，视为己出！

02

　　三弟夫妇出事不过两年，母亲也走了，临走前褪下戴了多年的祖传玉镯，说卖了吧，蔡家天塌窟窿都得堵，别往下传了。

　　母亲前脚走，重渊后脚来，像是掐算好的。她说儿子被诊出鼻腔癌，得住院化疗。蔡葵秋怀疑是遗传所致，重家有病史。但儿子姓蔡，跟自己有 99.99999% 的 DNA 相似度。镯子还没焐热就进了当铺。那些年，房市炒得火爆，楼盘林立，拔地而起，他跑小区搬运装修材料，为了挣钱累到抽筋吐血，腿痛病是爬楼梯落下的。

　　他还贴过小广告、讨过债、行过窃、碰过瓷……就差拿刀架人脖子！好悬呐，离蹲号子仅差半步之遥，半辈子做小人半辈子赎罪，扯平了。

　　好在都挨了过来。儿子的治疗费，母亲那副镯子当了，加上孩子外婆家添补的，还不够，只得偷偷取尽父亲积攒多年的抚恤金。救命胜造浮屠，儿子的命保住了，去年复查各项医学指标多数正常。世界还是向善的！

　　"老蔡，没事吧？"

　　蔡葵秋左右瞅瞅，没人啊。这句电视剧桥段他都听腻了，就内化成潜意识里的回应。他这两天心里很纠结，镯子的事该不该或该咋样跟薪莼讲？她那张嘴，听风就是雨。

他想回家却挪不开追日的步履，回家的路是世上最短也是最长的。讲还是不讲？面对如此真诚，真诚到天真的女人，撒谎就成了最卑鄙的犯罪；如何开口，对他这根缺心眼的"木头人"来说，更是件含金量极高的技术活：女人是钱袋子，值钱的东西，一攥到手里，就扎了口子。他指的是薪莼。

晚风吹来，瞬间点亮了D城，也点亮了他有点发涩的双眼。他侧目远眺，华灯初上，人民路由脚底往北直至阑珊处，左右摆开的五座大桥，或肩灯如虹，或腰灯如链，车水马龙。他问自己儿时被母亲攥紧小手过江看外婆踩过的那座独木桥呢？

　　"洁白的月亮飘着蔚蓝的梦，思念的人能从梦里走
过来……"

随着男女声对唱，一曲《蓝色天梦》响起，那是簧门广场。人头攒动，踩着鬼步舞开始了他们的夜生活。旋转在舞池中央的那位肯定是自己的薪莼，长发飘飘，一袭浅黄大裙摆仍不失羞涩一开一收，这辈子她似乎是为跳广场舞而生的。

蔡葵秋忽然收起遐想，得赶快回家，刷锅擦灶，为薪莼准备洗澡水。

院子是黑的，屋子是黑的。昨晚父亲又住进医院，年岁大了，安排了特级护理，专人负责，并不是他们不照顾。蔡葵秋开门开灯，直扑厨房，习惯成自然，江南男人各有各的小资生活；他有点贱，服服帖帖成了"厨房小资"。

锅没动，碗没动，是他出门时的样子。薪莼怕油腻不进饭馆不叫外卖。他紧锁眉头，忽觉屋里有人，浓重的女人味，于是他

冲进卧室开灯，被眼前一幕惊呆了：薪荛和衣蒙面，半带抽搐，哭了?!

"木头人"杵在床边，诚恐诚惶，只顾反思自己是否惹出大难必死的祸端，却捋不出头绪，只好怯懦懦地问了句："你……谁惹你了？"

……

"你……你吃饭了没?"

……

他伸手测试妻子脑门，再摸摸自己的，没发烧呀，便舒缓心思，边退边转身叮嘱："我给你温水去，你待会儿起来洗洗，睡着踏实呐。"

跟医院打过电话，知道父亲那头尚无大碍，蔡葵秋终没等到薪荛起身，自己熬不住便和衣就床，迷迷糊糊将就到半夜。吧嗒灯亮，薪荛起身揉眼，摇摇身边："哥，陪我说说话行不？心堵。"

自进蔡家门，薪荛就叫他哥，说这样称呼随心，心里揣着报恩的宿诺。但这宿诺是承应给死去的人，捻捻和穗穗是她哥嫂的托孤，不承想托来去这托孤之恩又转到蔡葵秋这边。恩到哪她到哪，别人说她这叫委身求全，但她不这样认为，她说这就是缘。她前半辈子放荒了婚姻，快四十了才抓住。或贫或富，有恩都是福。她跟蔡葵秋很直白："哥，我爱你！"算不算海誓山盟？

"哥，你猜我昨天给谁整容了？"薪荛心绪凝重，似乎不吐不难以为继；看到她悬肿的卧蚕，蔡葵秋知道，女人心被浸苦了。

"昨天接了位女警官，骊丽。骊丽你还记得不？"

薪荛揉揉浮肿的卧蚕，知道问也白问，接着说："她眉心有颗痣，若不是躺太平间，谁能相信她已经失去生命了啊！单位都给订了二十四岁生日蛋糕，说绕过本命年结婚。男朋友姓果，高她三届，两人是在大学认识的，还是同乡呢。未婚夫抱着未婚妻哭啊哭昏厥过好几回。我见过痴情男子，还没见痴情到死去活来好几回的呢。"她瞟眼蔡葵秋，似乎想试探点什么，却没见反应。

"几个男同事费好大劲才把他俩掰开，应该说是撕开，我真希望那女的回醒过来跟出去。哎，要是《聊斋》剧就好了……可我得冷血啊！那阵我不放凉就得把客人凉在那！你能想象薪荛当时多难受，我麻木的心在流泪滴血，差点失控。那场面，你没见过，石头也能化成水。"她又瞟眼蔡葵秋，仍旧没啥反应。

她认定那张脸就是自己当年的模样，连眉心那颗痣都惊人地相似，简直是被复制粘贴了。若自己二十岁上那桩婚姻顺畅，孩子也该她那般大。

"听骊丽同事说，她出警救人，却反遭车祸，车是打身后蹿上来的，司机醉驾还吸毒。"薪荛吁口气，换了种语调："噢，埋鸥鸾殿公墓了。我和谷腴瘦约好的，等明年杜鹃花开遍南坡的时候，去坟上看她。"

当职业被格式化后，人就慢慢变得机械麻木。但她说自己具有某种先天的特异功能，面对每张铁青冷色调面孔，她能触摸到面容下依旧突突跳动着的灵魂。她用自己特定的口吻和方式去安抚客人，使之得到最大化的宁静，获得最神圣的尊严，像刚降生时那样。

因而，每当完成一次整容出来，她就犹如履行完一项特殊使命而自豪，去跳舞，去取悦自己。华丽转身间还世人以更美丽的风景，她称这叫"人道"也就是"女为悦己者容"，为她喜欢的人和这个世界而动容。

但蔡葵秋知道，薪荛每次回来都要缓阵子。女人年过四十全是下坡路，越走越累。她巴望着捻捻早点赚钱资助穗穗上大学，就能为自己分担点生活压力。她不碰锅灶只因那双手，尽管每次把手搓洗得通红泛紫就差脱层皮；如果说她视跳舞为嗜好，倒不如说是为了排遣内心的阴影。当初应聘除开胆量因素，赚钱是她赤裸裸的目的，懂美容使她很快获得专业资证。蔡家人都明白，单靠手头那点钱根本支撑不起自家开销，尤其是两个孩子的开支，更何况要补贴重渊娘俩，至于接薪莞进门时承诺为她购房的事，更是至今都没做到！她拿青春赌明天，谁付真情换此生？叶倩文是唱给她薪莞听的吧。

陪薪莞直到安顿好她睡回笼觉，才迷迷糊糊赶到自己的片区儿，但工作不迷糊，蔡葵秋得给早起的鸟一个清净崭新的世界，见天都这样，从不迟误倦怠。

这么早手机就响了，医院打来的，只说了"过来吧"三个字，将他的心陡然提到嗓子眼。

半把粉干经开水过后盛入土陶碗里，加荷包蛋，撒半根蒜苗末，吃前只要浇勺滚烫滚烫的配汤就行。蔡葵秋参照沙县小吃改良的独家秘制。他心已到医院那头，但也得为薪莞备妥早餐，带门时看了看卧室又退回厨房，朝碗里多加了枚荷包蛋。

父亲病情并非蔡葵秋想象得那样糟糕。眼下医生满嘴都是重口味，哪句话听着都坠心。隔着门窗玻璃父亲很严肃地交代他两桩事：一是问自己账上还剩多少抚恤金，动态清零，一分不留地捐给爱心机构；二是问那镯子找到失主没？不属于自己的贪不得！

父亲在儿子心上打了死结，如何是好？在回家路上，他满心缠绕、纠结、解扣，却终归徒劳。从哪个方向回家，走得都那么漫长！

薪莞站门口等得有点急，看上去心情不错，长发收束，真是"城中好高髻"却难见"四方高一尺"，跟谷腴瘦学的；闺蜜送她的香奈儿信封包夹在腋下："哥，腴瘦约我转新天地呢，她说进了新夏装，我想买双高跟鞋，这么多年了再不穿就老啦。咦，我那'小宝马'呢？"

03

　　"啊！放医院车棚下啦！"蔡葵秋说完转身小跑，也不管腿痛不痛。

　　检查了一遍手机、手纸、手套、口罩、防晒帽，唯恐薪荛落下什么，直到妻子怼了他句"烦不烦啊，男人婆婆嘴"才算罢休。

　　独自窝在沙发上，无心拾掇厨房，他满脑子萦绕着父亲那两桩委嘱，忽然意识到父亲是否是在交代后事？如若这样，接下来他要准备的事还多着呐！打开抽屉他见到那款镯子，眉梢略有收束：镯子露在外面，说明薪荛动过，那将意味着，命运已被反转，他只能听候处置。

　　午饭咋吃都无味，也就胡乱凑合。直到天黑薪荛才歪歪扭扭进屋，甩鞋子抱着脚哼哼呀呀疼呀疼呀直嘶咧。蔡葵秋边捡鞋子边嬉笑着说："万岁了我的太太哟，跟这么高这么细，你还真敢拿自个当公主呐！"

　　"偏就拿自个当公主又咋的？我愿意！黄花姑娘那会子谁不说我是歌后坂井泉水？""公主"忽地从床上跳起来，指着抽屉，说话有点使狠："倒忘了问你，烟袋里哪来的镯子？"

蔡葵秋先倒杯红糖温开水递过去，说老早给你配制好的，人跑累了喝着提神，咱有话慢慢说，哦；再端来老式铅桶，水面粉红粉红漂了层乳膏花瓣，随着他右手的拨弄渐渐形成细波，蒸气带着淡淡的清雅的桃花芳香油味直冲鼻底。他左膝半跪床边，慢慢拉住"公主"那双36.5码的桃花脚，轻揉慢捏着往里擂，不凉不烫。他此刻认准了，死猪不怕开水烫，好汉怕赖汉，赖汉怕缠汉，他想赖想缠她怎么着？

不知不觉抽两支烟工夫，把镯子当故事讲完了，薪尧的心给泡暖了。她醉迷双眼，赞同他物归原主的想法，这令蔡葵秋彻彻底底纾解了揪着的心，同时情趣大发，情赏那副桃花脸，情痴那双桃花眼，忍不住斗胆潜入"公主"被窝里美了一宿。

"不行，想都别想！既然没人认领，说明人家不在乎，有钱人无所谓；可我在乎，我有所谓，我要当了它给穗穗垫支学费。哼，你思想好，你境界高，你剁了指头给你儿子送抚养费去吧。美死你了，你还……"

蔡葵秋从片区儿回来，大老远就听见屋里传出没头没脑的嚷嚷声，听着听着就听出点眉目：薪尧反水了！态度180度转变，也在他意料之中，但没想到来得如此之快，快得令他措手不及如石狮般定在门口，直到屋里传出嚓嘎嘎的破碎声他才破门而入。

"你还回来了啊，你还……"劈头盖脸就是女人红裤头；锅碗瓢盆扔得满地都是。薪尧气喘吁吁，更加泼辣起来："给你鼻子还蹬脸了不成？你说你昨晚给老娘喝了啥水泡了啥药？说啊，你个臭流氓，都成老男人了还这么坏，比渣男还坏。老天啊，你评评理，这世上有比你还渣的渣男不？渣男，男渣！渣渣男！"

"啪——"蔡葵秋掌起话落："大清早犯神经，告诉你，不许侮辱男人！"

薪尧愣了愣，颤颤巍巍地说了句："连你也敢扇我，都二十六年了……"捂住发烫的左脸跑进卧室关门，趴床上呜呜咽咽。

而真正崩溃的是，那天冷锅冷灶直挨到晚饭时间。蔡葵秋烧饭吃饭全没了心思，右手直发抖，他肠子都悔青悔断了。

"吱咛"门开，薪荛手提竹编箱出来，说重渊能走，薪荛也能走。

"走？"蔡葵秋那盘三寸厚的平头，通了高压电似的整个竖了起来："你走哪？D城有你容身的地儿吗？"

可薪荛今天偏不吃素，左手叉腰右手指门："滚开，此地不容人自有容人处，D城不容人，走E城，还有F城，不信我还走了麦城？没了人世间我睡太平间，你管得着吗你？"

"求求你了，咱别闹了行不？"说着软话，蔡葵秋左膝下跪，心也涌到嗓子眼。他自进屋就没挪过窝，死守那扇侧门唯恐生出意外，满脑子乱七八糟八打浆糊。

"姑妈，大爹，开门呀，我是穗穗呀！"敲门声来得太像拍电视剧，不早不晚。

穗穗火急火燎，边进门边说，真倒霉，要高考了，例假凑热闹，天热内衣不够换。学校禁止跟外面人接触，老师开车陪她来的，等在门口呢；薪荛顾不得擦脸，强装笑颜，像贴了层透明膜，边翻箱倒柜边说，紧张了累了都有可能提前，姑妈也有过几回，还动不动停经呢。

"姑妈，你脸咋肿啦？要不要吃点消炎药？"穗穗瞥了眼竹编箱又摸了摸姑妈左脸，百感疑惑，但喇叭声不容她往深里想："爷爷是不是又住院了？等考完试空下，我去陪爷爷。"

穗穗要高考，家人在干吗？目送轿车背影，再四目对视，两人方才冷静下来。捻捻高考时，他俩给送饭送水；从明天起，也照着做，蔡葵秋照例定出《考生食谱》。

按照惯例，考前半个月全城暂停所有有声干扰，尤其是广场舞。广场舞时间，薪莞宅在家里点香合掌，为穗穗念许，说灵得很，四年前捻捻就是在家人这样念叨中考进浙江大学。

果然，穗穗感觉考试发挥地很好，哼着歌凯旋，挽了左袖挽右袖，说："咱哥儿们，除浙大哪儿也不去！"

经住院部同意，穗穗搬医院陪护爷爷，跟着打回来两个电话。头个说，哥哥交了女友，暑假不打算回来，在杭州做志愿者，关键是，他已申请赴英国留学，跟家里捎句话，他需要六十万元；第二个说，爷爷只管催问大爹办妥那两件事了没有，等话呢。

简直是两剂催命符啊！蔡葵秋知道父亲脾性，这辈子只崇拜墙上那五个伟人，好像他就是第六个。想到这，蔡葵秋内心有台绞肉机开始折磨：既害怕父亲揉不进沙子的青光眼，盯着自己这辈子不敢起半丝龃龉及毫无退守的敬畏；又反感他无法与时俱进不近人情到迂腐般的执念。至于捻捻，薪莞早就骂他智商超人情商堪忧，他真把国门当家门，以为英国就是拎包入住的商品房？孩子啊，你分明在逼宫，逼你姑妈跳楼！蔡葵秋想到这满身冒冷汗！

高考几天的忙忙碌碌将薪莞离家的念想消磨殆尽。其实她骨子里就没打算走，如此这般除使使女人小性子外，她隐隐觉得身体不适，怀疑内分泌失调？或更年期前移？同样，蔡葵秋自从被骂成"渣男"，"三观"已混乱不堪，都满地鸡毛了还争什么风头，当缩头乌龟呗。

他每天杵在路当中，朝东看看仁爱医院，鲜活的生命源源而来；朝西看看甄山公墓，破落的灵魂凄凄而去；自己活脱脱像一个清道夫，整天奔命于生死途中，太像那只镯子了，昼夜轮回，始便是终，起便是落，善恶无极。

黉门广场又恢复到往日的喧闹，薪荛不依不饶甚至变本加厉地高调成公主模样：高髻更高，脚蹬那双要命的水晶透明细高跟鞋，把整个人儿抬举到天上去。蔡葵秋知道妻子受了谷腴瘦的蛊惑，一对死党。薪荛要面子！

问题像鸡蛋饼层层加码，高高地悬在蔡葵秋头顶打转：镯子在哪？可即便知道镯子的藏身处，他还敢碰吗？妻子这头不敢碰，可父亲那头呢？蔡葵秋舌底潜意识里急出一条既邪恶又可怕的咒语：父亲啊，你快点走喔！

薪荛只管自个高傲，拧巴着不跟丈夫搭腔和调，俨然装成融不化的冻龄仙女。穗来电话说爷爷时好时坏，嘴里含糊不清老念叨"抚恤金"和"镯子"两个词。

身为儿子，蔡葵秋深知父亲这辈子活得不易。四十岁娶妻生子，干干净净生了三个儿子。老二上小学溺水身亡，他后悔极了。听老师话不让孩子到河边去游泳，咋不想及早把孩子赶到河里学游泳。当下的教育，看不懂！

把自己前半生捂得严严实实，直到 21 世纪初才慢慢为人所知。他常跟人讲：不是自家的东西别贪。由此演绎出极浅极浅的人生哲理：非己莫取，取必自毙！

所以，这镯子必须归还主权人！

手机响了，重渊打来的，说儿子又有两指数飙上去了，问咋办？

"咋办？咋办？咋办？恼人的破指数！"蔡葵秋将手机狠狠地甩在草坪上，近乎歇斯底里地嘶哑着、吼叫着。他疯了似的颠跑，摔倒爬起，爬起摔倒再爬起，一口气跑到西甄山，将头抵在母亲遗像上放声痛哭："母亲啊！我的老母亲，您倒是说说，儿子该咋办，咋办呐？"

04

晚风吹过，垂枝圆柏依旧动感而葱郁。几天不见却格外茂密，在蔡葵秋前额胡乱摆弄，与稍后那盘齐刷刷直愣愣的三寸短发，形成鲜明对照。他扶着墓碑慢慢起身，似百年大梦方醒；母亲抒抒他的乱发，说去吧洗洗脸就清楚了，该咋办咋办。

该咋办咋办，这么轻巧倒好嘞。这辈子面对好多事情，是个"该"字就能解决得了的吗？人并非越老越糊涂，而是天真，天真到看穿天、看彻地、看透人，愣是看不懂自己。

挣扎着双腿，拖着疲惫的身子进屋，软软地瘫倒在床上，他想就这样累死算了。

直到次日太阳偏西他才醒来。确切地说，他不是睡醒的，而是被人敲醒的。有座"城中高髻"撬开他那双胖松的夹板板眼。谷胰瘦立在床前，埋怨道，你倒四平八稳做起黄粱梦了，来电不接，敲门不应，睡觉连栓都不插。

你个女妖、女巫！蔡葵秋不知咒过她多少回。就是她，把自家女人洗脑洗得人不人鬼不鬼，才造成今天这样的结局，才……

"快起来，我有话跟你说，要不是有要紧的事我会到你家惹嫌弃吗？我连晚班都倒明天了。"

"木头人"简单擦把脸，问啥事这么要紧？"城中高髻"说："你还没吃饭吧，我请了，车上说！"

车开到 UESE 门口，一股浓烈诱人的咖啡香直扑鼻底。

"蔡哥，空腹喝杯意式浓缩也算挑战，就看你敢不敢喝。嗯，要不，你来选？"谷腴瘦有点欲擒故纵，努努鲜红嘴唇："骨瓷杯里是意式浓缩，陶瓷杯里是摩卡。"

"就那杯，骨，骨什么的。"蔡葵秋破天荒地跑到这鬼地方，完全没了主意，只得顺着对方意思走。这辈子，他蔡葵秋何尝不面对挑战？于是在女人一脸鬼笑中接过骨瓷杯。

蔡葵秋直直地坐在暗淡的顶灯下，抓起杯子闻了闻，在对方难以捉摸的眼神下，仰头闭气，向死而生。只觉一股热烫、苦涩、酸烈感冲鼻逸出，但他皱心不皱眉，面色温和，暗暗体验着如此难以言表的刺激。

"嗯，还行！"谷腴瘦呷了一小口摩卡，生怕破坏了玫瑰色唇泥，开始认真起来："说实话，我是背着薪荛来的。她知道了会骂死我的。这里说这里了，出门你得烂肚子里。"

蔡葵秋拧巴嘴，只好点点头。

"你是不是欺负薪荛了？"谷腴瘦直奔主题，不容他回应接着说："那巴掌伤她心多深你知道不？"

薪荛十八岁的时候跟人处对象，而且发展到怀孕，男方家做房地产营生，本来说好年前迎娶的。可就在住进婆家第二天，下楼用早餐时，因不习惯走透明玻璃梯，失重滚下来，镯子摔碎不说，下身流了好多血。那婆婆扑过来见状脸色大变，边搂碎片边吼叫，说是娘家祖传。老家有讲究，镯子碎家运背，晦气晦气呸呸呸，一副妖气相。薪荛挣扎站起来评理，被对方掴了一巴掌，还教唆儿子将她撵出门。

她捂着肚子上医院。几天后，咬着嘴唇找到娈家，递上"不出意外无法怀孕"的诊断书。

蔡葵秋愣愣地坐在对面，右手捏着空空的瓷杯。轻音乐《蓝色天梦》萦绕在咖啡味弥漫的营业大厅，不知是否也萦绕在他耳边？但谷腴瘦能隐隐感觉到，这个男人的内心，正经历着血与火的较量，凤凰涅槃式的。男女之间最大的区别不在生理上，而在意志上。男人的意志力隐藏在骨髓里，是在娘胎里灌注的。她亲手接生过成千上万个小生命，没人能比她更清楚如此天性。

"还有哪，"谷腴瘦轻敲黄花梨桌面，紫桌对紫镯，几分显摆："你捡的那只镯子，薪莛放我家了。听说你俩为这在'冷战'？笑话不？你俩加起来也算百岁老人了。"

蔡葵秋略显吃惊地抬头，瞅了眼谷腴瘦，感觉自己及自己家庭，在这女人面前豁然成了玻璃旋转体，360度透明无私角。

"你看咱这样行不？"谷腴瘦玩着左手瞬间泛绿的镯子，带着半征询半决定的口吻说："那镯子先搁我这，我垫付你三万五应急。你若不同意，权当拾金不昧的奖励总行吧。然后呢，帮你打探失主，我毕竟比你好通融。"

这女人厉害，进路退路都想好了，哪还容你有思考呐！

《秋愁》响起。盯着变色龙般的镯子，蔡葵秋真的没了主意。尽管他依旧对对面女人的如此决定半信半疑，但却心不由己地随着匡小桥那略带颤抖的女中音左右徘徊。

"主意你拿好了，"谷腴瘦换种口吻接着说："不过呀，我可以拿科室主任名片，还有省十佳医护工作者声誉做担保。我虽比薪莛大一岁，但我就是曲筱绡她就是安迪，是老闺蜜！"

蔡葵秋知道"两肋插刀"典故，他很吃惊也深受感动。人家把话都说到这份上，别说今生今世，就是三生三世也难得呐！他将身体往梨花桌上靠了靠，算是某种暗示。

"她在D城比任何女人都渴望获得理解。她的工作，除了你我，没人也不敢让人知道，包括那两个孩子。你想想，谁愿意跟一个整天跟死人打交道的人打交道呢？又有谁愿意，跟触摸死人灵魂的女人手拉手跳舞呢？"

蔡葵秋听着听着迷惑了：呵，女人嘴里的"谁"分明就是自己嘛。他突然趴桌子上呜咽起来，却不明白为谁而泣，为对面女人？为薪尧？还是为另一个自己？好像全不是又好像全是。

"还蚨呀，你听着，00001号那款收藏品现已确认，你帮我放回原处……对，对对。密码你忘了？那款用了你生日……嗯，嗯；对，对对。"趁蔡葵秋伤心着自己的伤心，谷胰瘦离座出门，钻进驾驶室，悄悄给儿子打了个电话。

见蔡葵秋红着眼圈出来，谷胰瘦两手一摊，说明天付现吧，你没微信没法转账。蔡葵秋这才想起自己的破手机，连个谢都忘了说，转身就跑。

大老远见草丛里有个像萤火虫的在夜幕下扑朔直闪。屏幕显示25个未接来电及1%电量告急。拨通穗穗手机，蔡葵秋喘着粗气说，办妥啦，办妥啦，那两件事都妥啦！叫爷爷放心。却又再三叮嘱，把这话压到天亮再……（黑屏）

他得赶回家拾掇拾掇，天亮带薪尧赶过去。父亲挨着不走只因心里惦记着事，既然事情办妥了，估计太阳出来就是医院发出病危通知的时候。

走在华灯煌煌的人民路上，蔡葵秋心里坦然多了。多少天来，一只破镯子套他心上，时而像一只清凉的魔环，时而像一把把脉的诊仪，令他坐卧不宁，寝食难安。

远远看见屋里灯光，他清楚，薪尧回来啦！但当推门时，他又涌出几分犹豫，后退两步眺望大樟树，重新确定是否站在自家门前。

"回来啦，哥！"屋里传出薪尧据她自己讲很像坂井泉水的声音，他没见过什么"井"什么"水"，但给人带来的应该是美妙绝伦的那种清丽婉约。

那庞桃花脸，桃花脸上闪烁着一对桃花眼，投来扑朔迷离的眼神。蔡葵秋心里突突直跳，瞬间嗅出发生在两个月前的那身味道，及那般情景；妻子披款浅绿色液体般睡裙，裙带半结半就懒洋洋地垂着，端坐在还算不太大的客间餐桌旁，高髻已坍塌成万般细浪，衬做背景，像寻常吃饭那样向他努努嘴：哥，看看这——

蔡葵秋将灵魂稍做收束慢慢地走上去，见桌上有张医检报告，白纸黑字：

孕酮值 =90.4ng/ml；

hcg=15000mmol/l；

结论：怀孕。

"你……你……都 46 岁了，还……"蔡葵秋屁股刚落座便如弹簧般弹跳起来，目瞪口呆！

"还，还个啥呀。人家 46 岁还不兴怀娃呀？听腴瘦说呀，她昨天还给一位 56 岁的奶奶级孕妇接生。那个大胖小子呀，七斤八两呢。"薪莞这回没发神经，讲话出奇地低韵蜜意："前天呀微信说，还有位 66 岁的太奶奶级孕妇生下个不足月的女婴，硬是给救活了呀，现在呀两老伴合不拢嘴呀轮番抱着玩呢。"

蔡葵秋本想说，咱家不行，养不……但不等"起"字出口，舌尖已被蜜饯般的"呀呀"辞情格式化。

"呀呀呀，呀呀呀！早知今日何必当初。我说'爱你'可不能白爱这辈子呀！"

在他眼前闪烁着的，是双半睡半醒的卧蚕，兜着扑朔迷离的桃花眼，四周添了圈淡淡的粉晕，月牙般嬉笑朝眼眸弯下，似醉非醉朦朦胧胧，使人怀疑身在人间还是天堂——原来怀孕女人竟如此迷人可爱！可当初重渊怀儿子时咋就没这种感觉？

05

"我跟你说呀，这娃我生定了！你不养，我沿街乞讨也要拉扯大，就不信这人世间容不下一个娃？虱子虮子都是肉，何况人呢。大不了，俺娘俩睡太平间……"薪莞收起妩媚辞情，拿当娘的口吻转移口风，那么坚定，坚定的连上帝都无法撼动。

"行啦行啦，别动不动睡什么太平间的。"蔡葵秋心里烦着呢，不是不想要这个孩子，他理解妻子此时此刻的心情：当母亲是她这辈子比天还高的夙念。可眼下，你看儿子——噢，是我蔡葵秋的儿子——这些年，病恹恹缠得像狗皮膏药，这头按下那头起，想想就胆战心惊。蔡葵秋同样处于半失眠状态，前天还夜游，绕大樟树跑了几圈，要不是包子扯他小腿，大概会绕地球到天亮呢。他神经着自己的神经，隐隐滋生出最不愿看到也最撕心裂肺的结局。

薪莞转身离开桌子，左手撑腰右手揉腹，后背竟也弓出道月亮湾，显了身子。算算才两个月，也太夸张了吧！

"还没入伏就这热燥。"薪莞自言自语："咱家得安空调呀，拖好几年了都。大人遭罪忍忍也就过了，可这……"

蔡葵秋心说都讲八百回了，就你不松口，邻居处理旧的你都不要，还说等捻捻大学出来宽松点再弄；现倒好，怪我抠抠搜搜是个啬猫子。捻捻不想回，说满身起热疹子受不了，整天泡书店跑超市；现倒好，泡了杭州姑娘不说，还想着跑国外。你看咋办？咋办？咋办呐？

想到这蔡葵秋又出身冷汗。捻捻出国这事瞒了今天，那明天呢？后天呢？这娃也是，直接跟你姑妈讲呐，抱着手机，拨个电话的事。噢，估计是难为情。可既然知道难为情还敢这么做，做了又不敢承担？现在的孩子打不得骂不得还说不得，你宠他的小，到头来他啃你的老，做事拎不清泰山鸿毛哪头重。

"噢，有件事差点忘了。"蔡葵秋突然想起医院那头，赶着追进卧室。但呼噜声已从枕边飞来，很轻很匀称，呼出的都是薄荷香，两瓣桃花唇一张一合很有节律。

蔡葵秋夫妇赶早准备着老爷子倒下的应急所需，这样整个上午忙忙碌碌。蔡葵秋攥着手机不敢有丝毫马虎，只怕错过医院通知，忍不住给穗穗打过去。回话说爷爷没事儿，精神异常地好！

蔡葵秋怀疑，穗穗肯定忘了转告昨晚交代她的事。这丫头同样毛手毛脚，做事泰山鸿毛没轻重。本想再打回去责问这事，薪尧说穗穗明明说老人"精神异常地好"，连这话你也听不懂呀？还是别有用心没事找事呀，我看你好像巴不得老爷子早走是吧？

薪尧请了半天假倒了两轮班，承望能尽到儿媳孝心，让老人体体面面地走，却不好明说。

蔡葵秋忽然觉得同时也承认自己心态出了问题，被薪尧戳到痛处，绯红着老脸向片区儿走去，那里有他呼吸的自由空气。

"哥呀，儿子你当成这样，爹就更不像爹，至于丈夫，唉……"薪尧两手叉腰，狠狠地咬咬嘴唇，忽然想起什么似的追了句："我想到家电世界看看空调，你不陪我去呀？"

进家电世界，满世界家电，各家品牌，琳琅满目，"王婆"

们尽夸自家"瓜"甜；她眼花缭乱反倒心中没底，只得给谷腆瘦打电话求助。

"买什么买？我家还闲着两台呢，都是品牌，去年用过，后改成中央空调就扔地下室了，赚吆喝吧没几个钱，正想问你用不，看今年热的。"

薪莞忙问价钱；电话那头呸呸两声，钱什么钱啦，姐妹俩谈钱，俗！快拉去装吧，明天就是高温，40 摄氏度哪。

三生三世有这闺蜜，值！

　　"在没风的地方找太阳／在你冷的地方做暖阳／人

事纷纷……"

蔡葵秋假装开心，哼着刚学会的流行歌《往后余生》头几句，拉出蚂蚁椅，想赶晚饭前把空调擦洗下。擦着擦着腿肚子开始打软，心中没底：人家在镯子上帮你，现在在空调上又是，世上哪有免费的午餐！如此好意反让蔡葵秋对谷腆瘦产生了没法不提防的戒心。他宁愿多想偏想也不愿缺心眼，商品时代像他这样的"木头人"，伤筋伤骨还指不住伤命呐！刚才装空调的师傅转身就坑走了八十五块，说出了技术故障，钱到手没捣鼓几下，其实自己看得清清楚楚，是排气管堵了麻雀窝。

"哥，电话呀！"薪莞捧了老人机跑过来；蔡葵秋两腿愈加打软，紧张极了，瞥了眼陌生号码，猜想八九不离十，医院打来的。

"大爹，我捻捻，明天回趟家。噢，我姑妈在家没？"声音很急，感觉狼在追。

蔡葵秋将手机递给薪莞，电话那头把声音压得很低，像是来自 NSA 级的情报。蔡葵秋照例猜出八九不离十，为出国要钱呗，憋急了才这样。这孩子到大学，不为钱的事半年也想不起跟家里报声平安。

"直接打给你不就完了，放屁脱裤子，不嫌麻烦呐。"蔡葵秋见薪菀脸色煞青，温愠难测，却仍忍不住多了分小心思，不干不净嘟囔了句。薪菀狠狠地白了他一眼，申辩到自己忘了充电，才挂你这边，关门间转身怼了句："打你打我有区别吗？哼！"

电话说，出国的手续已有眉目，只剩钱的事，问家里掏六十万没问题吧。口气硬得很！

"六十万，六十万啊！"薪菀连愁带叹，雪上加霜呀！她脸色铁青，头靠床头掂量掂量又掂量："就算撵着印钞机数也来不及呀，就算提刀孤魂纸烧也来不及呀，就算……这小祖宗呀！"

薪菀第二回通宵失眠，又愁又急，壁灯下，两眼球红成兔子眼，看着就让人害怕。

蔡葵秋把手工面热了凉凉了热地等薪菀，挨到鸡叫他自己当糨糊吃了去上班。两孩子花销，这十年全由姑妈支应；当大爹的插不上手，左眼皮从没跳过，没财政大权呐！

但右眼皮打从仁爱医院那头下帚就开始跳，不等扫到马路中段就跳成家里的电视屏幕，抽动整个右脑上下抖，疼呐！

对门邻家公鸡突然打起鸣来，令他催生出某种预感，有个什么会过南山脚下，他这才赶个大早；然而，另种预感随后越来越占据上风，令他不能自已。于是，他直呼不对劲不对劲！感觉浑身汗毛嗖嗖往上顶。

他扔下扫帚拔腿就跑，也忘了腿痛，"糨糊"吃糊涂了，手机落家里。他大脑高速运转，秒闪出好几桩突发事件的可能性，桩桩是大事，比天大。

"破手机设啥密码，打着烫手呀！"薪菀急得在门口直跺脚，号码显示金华地区。

看着蔡葵秋接电话，脸色赤橙黄绿青蓝紫地变，薪莞料到事态严重，转身进屋换衣带包，念叨着伸手要钱，锁门间又折回屋里：高露洁刷牙，洁丽雅擦脸，不能委屈了这张桃花脸！

夫妇俩到医院已是上班时间。薪莞先给单位领导打过招呼，说家里有人死了；然后打电话请谯师傅帮忙代班，估计日落前能把人送殡仪馆。

接过院方出具的《死亡书》，蔡葵秋感觉每个字甚至标点，都像锥子一样猛戳他的心脏：

> 蔡小器，男，现年21岁。身份证号码330……居住在广贡街刮风巷凤柳牌坊3楼101室，因病于2022年6月19日凌晨6:48死亡。特此证明。

重渊蓬头垢面，由两个娘家姑嫂搀架着，已哭成一摊烂泥，现场惨不忍睹！

但薪莞经得多，早已司空见惯。她站出来开始布置，接下来咋办再接下来咋办。程序就这样有条不紊地进行着，到日头偏西尸体已被运到殡仪馆停尸房。在新薪莞的地盘，她能做半个主。

"天快亮那阵子见儿子吐血，我就跟你打电话，几个手机换着打你都不接。你还有没有良心啦？啊，是不是躲着我们娘俩？"重渊死死拽住蔡葵秋沾满灰尘浸着露水的汗衫下摆，正是昨天刮破的洞眼，满嘴口水满眼泪。这是他面对曾经的妻子听到的离婚后唯有的埋怨。以前每遇儿子犯病至多问他"咋办咋办"，没忘了他曾是她男人，在心里留着"地儿"。

"小器昨天抱着全家福还只管念叨，好久没吃爸爸做的樱花红豆糯米卷了。"重渊哽咽着继续说："还以为娃就那么一说，谁知他有灵觉，想见你最后一面啦，呜……呜……"

这个"好久"到底多久只有蔡葵秋量得出。江滨公园第一棵樱树开花时，他们父子俩看着都笑了，说想碰个好彩头，禁不住偷偷摘了两大捧花瓣。蔡葵秋拿回家忙了个通宵，赶第二天出发，捂着四块热乎乎的樱花红豆糯米卷赶到汽车东站，递给儿子，目送他们母子到河汀机场，飞北京 301 医院做切除手术。那次，是由重家表弟表嫂陪着去的。

06

　　他这个被两任妻子不约而同戳着脊梁骨骂成"木头人"的男人，发现此刻自个才是十足的"垃圾"，任由前妻撕扯着、痛骂着。

　　按"白事简办"规定，薪尧经征询重渊意见，并与相关方沟通，形成简易治丧方案及后续安置。考虑到失子之痛，重渊由娘家人陪些日子；而蔡葵秋则随叫随到，做好应急准备。重家人这才发现，蔡葵秋身边有位办事如此干练的漂亮女人。

　　不知过了多久，大樟树里啾啾惊出黑压压的宿鸟，汪星人竖起耳朵，汪汪叫着朝夜幕跑去。

　　蔡葵秋夫妇夜晚拖着疲惫的双腿到家。捻捻将饥饿和埋怨转换成冷冰冰干巴巴的招呼声："姑妈""大爹"，开灯时他注意到两双红肿的眼睛，走路有气无力，隐隐觉得有什么事发生了。既然穗穗电话说爷爷还行，他就很难想象这个家还会发生什么事呢？念书人总把人世间剥离得那样纯粹，把提款机想象得那样随意，钱不烫手时一块钱和一百万有着等值的质感：没感觉！

　　蔡葵秋"嗯""嗯"着算是回应，但心思仍放在扶薪尧进卧室、为她倒开水、跑洗漱间取毛巾……待安顿妥这些退到客厅，他长长地舒口气，瞥眼挂历说："饿了吧？大爹给你炒粉干。"

捻捻将整个身子蜷曲在沙发上，扫了眼屋里的摆什，既熟悉又陌生，若不是打厨房传出些微动静，他还以为来到五云乡呢。

"今天呐，是你22岁生日，天太晚了，打两荷包蛋算是家里的祝贺吧。"蔡葵秋努努干裂的嘴唇；诱人的葱花香蛋黄香将捻捻的食欲一下子推向极限，只差拿手抓。虎狼吃相，大学四年就没改过。先前留"贝刻汗式"发型，现在留"仁德化式"，蔡葵秋忽然幻觉出两个影子重叠了，前者是小器，后者是捻捻；而同是今天，却是前者的忌日，后者的生日，更是父亲节！莫名的悲痛顺血压涌上心头。失去儿子，他忍了又忍，牙缝咬出血也得忍着。女人可以放声痛哭肆意发泄，但自己不行，作为男人，再"渣"也是男人。眼下男人对男人，他似乎有种决堤发泄的冲动；而当泪水浸满眼眶时，他又意识到什么，拿袖口偷偷擦拭掉：他俩，还有自己，彼此间算什么关系？风牛马不相及，把彼此扯进来，有意义吗？

有了空调，身上不再起热疹，捻捻睡得很香，梦见和恋恋已坐上飞往伦敦的国际航班，飞机上只有他俩，像包机更像专机。头顶蔚蓝无云，而机场空空如也，不见亲朋好友送行。

家里装了空调，说明有钱：爷爷的抚恤金；奶奶留了副镯子；听穗穗说大爹捡了只唐朝什么臂钏，那得卖多少万啊？姑妈上班挣的也不少。捻捻大清早顾不上擦眼屎就拨动起算盘珠子，打得噼里啪啦。只因在他身后，恋恋三番五次催他回信呢。

姑妈还没起床。蔡家成热锅，捻捻成蚂蚁。蔡葵秋本来要上片区儿去，但见"蚂蚁"在"锅"里急成这般就不忍心也更不放心，试着给打打预防针：我说孩子，钱的事真为难家里了，要凑齐怕是要卖房子。所以，啊，所以就那个所以……

捻捻坚信自个的爱情纯洁无瑕，甚至去掉了"生命诚可贵"

而只信奉后半句。他拿敲开爱情门的艺术方式去敲姑妈的卧室门，却瞬间将艺术转换成粗暴，直冲身怀六甲的中年女人大吼大叫。

若不是蔡葵秋挡得快，还不知年轻人会闯出什么祸端。捻捻是甩了家门离开的；蔡葵秋拦都拦不住，说吃了饭再走吧，但他的挽留却被"吝啬鬼""不负责任"及"抱着那堆钱进棺材"所淹没。看着影子远去，蔡葵秋心在颤抖，周身拔凉拔凉。

薪茕危坐餐桌旁挂着蜡像般的表情，这正是蔡葵秋所担心的。须臾不可离，他想到谷腴瘦，跑进厨房打去电话，求她能不能过来趟，三分钟也行，薪茕怕要出事！

谷腴瘦囔囔着进门已是半小时后，看到蔡葵秋吭哧吭哧抬门扇，退了白色防滑晒蕾丝边长筒手套，顾长微胖的手背各陷进五朵梅花坑。

"啧啧！这牌子咋看咋配妹妹这款雪纺大摆裙，高贵、优雅、神秘、性感、韵味，送舍不得，借妹妹挎几天还行！"将红色信封包包挂"不施闲"上，谷腴瘦手捋浅绿镯子，自做惊讶地蜜过来："出啥事了妹妹？有啥大不了地跟姐说，天塌不下来，就是塌下来有傻大个顶着啦。"

她瞥了眼蔡葵秋，呵呵呵笑个不停。蔡葵秋看得出，她也真能装，揶揄这头，愉悦那头；然后说"木头人"愣着干啥，拿梳子啊，姐给妹妹梳梳头，看我妹这发色发质发型多好咪，配这皮肤、这脸型、这……啧啧！生就是美人坯子杨贵妃，可惜啊，生错了地儿跟错了人。

舌根跟着火车跑，话说到哪站连她自个都不知道，这样东拉西扯竟拉扯平了女人心情。半小时后门口传来敲门声，蔡葵秋和薪茕的心同时涌到嗓子眼，但很尖很脆透出几分奶油味的"送花的"令他俩长吁一口气。

谷腴瘦从月季里抽出"心"型卡片，大体意思是，母亲节那会忙着迎高考也没钱，六月份父亲节就合着祝贺啦！听说姑妈怀了小宝宝，可高兴啦！梦里都想着当姐姐。姑妈要吃好睡足，养好身体。括弧——买花钱是那天大爹给的；落款：你们的穗穗。

　　"听听听听，'你们'的。娃多懂事咪，我要有这么个乖乖女，做梦都笑醒呢；可惜我那儿子，是个没肝没肺的白眼狼，这不大学毕业，考研还没下文，又嚷嚷着要出国留学，贼着呢！还不是想掏空老娘那点家底。妹妹有主见，这胎怀得正合节骨眼；不是子宫切除，姐怀个三胎四胎才解气呢。"

　　薪荛谦笑着说："就你这张嘴，扁说圆、长说方，都不知哪是哪非——没句靠谱的。喏，接电话吧，你那个大学旧恋打的吧，天天没断过。"

　　科室打来的，说难产羊水不足，还宫外孕。七活八不活，有点悬，得赶过去。

　　目送谷腴瘦出门，蔡葵秋夫妇对视过，不知说啥好。谷腴瘦嘴里的"儿子"叫还蚨，听说花大钱做的试管婴儿，生产后谷腴瘦子宫就出了问题，不得不做手术切除。老还早年带她从东北来，玩古镯子收藏，五年前心脏病突发猝死，给娘俩留了一宅子家产，花都花不完。人这辈子，没法说。

　　薪荛说有点饿，从昨天下午就没进食；蔡葵秋说那咱就熬小米粥吧，配几枚红枣，你最爱吃的。从今天起，得给你设计《孕妇套餐》。

　　抱起月季，薪荛内心舒坦多了。她抓紧时间更衣洗漱，吃过饭得赶单位去，小器明天火化，还有些事得做。再说近几天又请假又倒班，上面不说啥，自己心里清楚，工作不能耽误。

　　蔡葵秋午饭后才赶到殡仪馆。他想在家独自待会儿，这两天脑子进水，事情一茬一茬如洪水般涌来，挡都挡不住，躲都躲不过。小器去世的事不敢跟老人讲，能瞒阵子算阵子；也没告诉穗穗，私想她能安心陪护爷爷。虽说生死不由人，但老天长眼，该来的不该来的自有劫数。

07

　　他又想到重渊，越想越后怕。做了十多年夫妻，他太了解她了：个性要强，强得让人无法理喻；却又依赖心极强，强到会独吞的那种——这同样是他担心的，失去小器将意味着什么？他开始为她的明天后天担心。失去儿子，她恐怕很难调整自己，往后的生活咋办呢？

　　薪莞亲手给小器整的容。鉴于如此不明不白的关系，她内心很不平静，总是赶不掉的幻觉，时不时将蔡葵秋的影子叠加上去，待弄完出来已满身虚汗；蔡葵秋说你累了，直接回家。他更重要的考虑是，妻子有身孕，赶上这种事能避就避。

　　从炉窗接过骨灰盒，双手颤抖，蔡葵秋不忍直视眼前，强压悲痛，步履蹒跚地走出焚尸房，差点跪倒在拐弯处，就是倒了身边也没人扶他，都在顾及数次昏厥过去的重渊；重渊被娘家嫂嫂半搂半掬着，全身抽搐，嘶哑着嗓子断断续续唤着"小器……儿呀……"

　　走出弥漫着淡灰色粉尘的殡仪馆，蔡葵秋依然嗅到浓烈的刺激性焦油味……那是儿子的灵与肉！他只有在心里默默呼喊着："儿子呐，爸爸接你回家啊！"

　　小器的骨灰，安放在西甄山公墓较后排抬脸向上处，与奶奶的及其三叔的形成犄角地势。阴阳师给出的选择有其说道，寻常人不懂这些。但蔡葵秋忽然意识到，上回来看三弟，好像自己就凭空摆出了这样的风水，尽管那是瞎捣鼓的。蔡家在 D 城没什么亲戚，就请了好友谷腴瘦；重家算当地大户人家撑着场子。但白事简办，总共不超过五辆车十个人送葬。

　　安顿妥当小器刚消停过三天，医院就打来电话，还是那三个字："过来吧！"不过这回语气很重很严肃。蔡葵秋第六感官告诉他：父亲到时候了。

　　穗穗哭着跟大爹说怨我怨我都怨我。早上学校送来录取通知书，她兴奋之余就递给爷爷看，贴耳朵说，自己被浙江大学录取啦！谁知爷爷点下头，说了声"该走啦"就果真走了。蔡葵秋总算彻悟，父亲心存的那点念想，全托付在两个孩子念书上。他将此念想转化成信念从而坚守到生命终点，他这辈子都活在自己的信念中。

　　告别仪式当天，天空云层出现丁达尔效应，为追悼会增加了浓厚的肃穆感。父亲交代过多次说丧事简办。除蔡家直系亲属外，民政部门、武装部门、退役军人事务办，以及市府办都派人过来。

　　父亲身着他最心爱的那套旧式列宁服，胸佩数枚荣誉勋章，周身各处都给捋得展展的；半身覆盖着鲜红党旗，周边缀满了白色月季，薪尧花半宿工夫准备的。身为儿媳，此时此刻唯有她，懂得老人心思。

　　父亲没进烈士陵园，他想陪着老伴，说前半辈子欠她太多太多；但他是否知晓，他的孙子已提前三天上路，在那头接他呢？

　　次日，D 城晨报在头版刊出文章配图，主标题是《诠释人生：至死不渝的崇高信仰和坚不可摧的革命意志》；副标题是：我市最后一位抗战老兵以 97 岁高龄与世长辞。其余版面同时跟进介绍了老将军的英雄事迹。

左手提溜早餐，右手卷捏报纸，穗穗气喘吁吁跑回家，老远就喊"快看快看，爷爷上报纸啦！爷爷上报纸啦！"她从报纸里读到好多爷爷未曾告诉她的英雄事迹，如爷爷参加过抗日战争、解放战争，在抗美援朝战争中是团参谋，第四次战役胜利那天因后脑中弹失去知觉从"三七线"上被抬下来……报纸没看完，她已全身灌注了兴奋剂，全然没了失去爷爷的悲痛感；她满脸兴奋，三步并作两步往回赶：太感人啦！太震撼啦！

南边喇叭还没开机，耳根异常清静，穗穗这嗓子其实才叫"拉风"，却喊谁谁不应，连最爱闹腾的包子，也趴在树下懒得搭理她。穗穗倍感奇怪，进屋才知，大爹姑妈累得直不起腰，想补个囫囵觉。她伸伸舌头，心说对不起，罚我熬粥吧。

黄陵小米、南瓜丁、去核红枣，甚至水量都已备齐，只等生火开灶。《孕妇套餐》附了几个瘦巴巴歪扭扭的铅笔字：水滚下米，再滚，下瓜下枣，揭盖，转小火熬 30 分钟，停火盖盖，焖一会儿即可。当年蔡葵秋也这样伺候重渊，只不过少了"转小火熬 30 分钟"的耐心。大概那时年轻，不懂爱情。

穗穗难得在家烧饭，也利用这 30 分钟好好洗洗脑子。录取到浙大是全家人共同的念想，尤其是大爹。但上学开销大。钱，一个突出而现实的问题在三年后依然摆在她面前。原企盼哥哥毕业赚钱能资助自己，可他偏申请出国留学，光学费就六十万啊！他就没顾及过这个家？他知道哥哥一直很自私，但自私也该有个底线啊！

她曾尝试拿三寸不烂之舌劝哥哥放弃那天真邈远的"理想"，却屡劝屡败。昨天一个"轴"字竟遭劈头痛骂，气得她摔了手机跑江边，任由委屈的泪水滴滴答答。有位焚纸点香上点岁数、满身干部气质的阿姨过来耐心劝导，她才消了气。

蔡葵秋迎面赶来，说包子叼着你的手机跑回家，又蹦又跳。我猜想出事了，你想干啥？穗穗支支吾吾，说只想透风看细浪。

"是蔡师傅吧。"干部阿姨迎上来想跟蔡葵秋握手，动作熟练到职业化程度，接着笑笑说："前年开全市环卫年会咱见过，你那大红花还是我给戴的呢。"

蔡葵秋咋能忘记？当时自己上台领奖，腿肚子直打软。书记经理主任都笑嘻嘻乐呵呵的，中间那个女的，叫骊书记的，给他戴了花。电影电视里都是漂亮女孩上台献花戴花，原来都是作秀的。他头回获此殊荣，这辈子再也没比这重要的了。

他木讷的右手被狠狠握了握，女领导的声音如同手劲："我上个月退休又返聘；蔡师傅好像还有四五年吧。工作着真幸福，但保重身体更幸福，为自己为家庭也为咱国家……"

"嗯，嗯，多谢骊书记关心，我一定把自己的片区儿弄得干干净净，不给咱市里抹黑；一定保重身体，一定……"蔡葵秋半点头半穷于无语，衣角被穗穗抟了抟。

"人生处处都有坎儿，迈过去就是坦途。"骊书记还重复这句话，语重心长的谆谆教诲，站领奖台上没理解，今天全懂了！正当蔡葵秋沉浸在无限感动中时，又被身后叫住了："好好劝劝她，有个闺女在身边，多幸福啊！"

蔡葵秋感激着自己的感激，同样也幸福着自己的幸福，不住地点头称"是"。

"噢，蔡师傅，随便问问，听说你家有件做工考究的老式海南黄花梨五斗柜？"骊书记忽然打背后补了这句。这个"听说"让蔡葵秋平添了几分莫名与惊慌。

穗穗超强的自尊心，是从参加省电视台举办关于文艺复兴辩论赛获得最佳辩手开始的。她可以让自己梦到浙大就能考进浙大；接下来，她决意上大学前先获得两年军龄——她始终梦想着"梦想万一实现了呢？"

填报高考志愿的同时，她不假思索地表达了参军意向。穿军装是她打小就怀揣的梦想，爷爷的影响力强化了她的军人梦。从现实讲，当两年义务兵家里不用掏钱还能磨炼自己，等复员返校时家里也就挪开步子啦。这是她从"错峰出行"中获得的灵感。

"呼！"开厨柜间，有件物品从手边滑到脚边，清脆的破碎声吓她一大跳，直骂自己毛手毛脚："妈哟！姑妈，大爹，快来看哪，我怕闯下无头天祸啦！"

奶奶的翡翠镯子被摔得东散西落！穗穗半惊半吓中忽然捂到什么似的，鼓起那双瑞凤眼，将两手拢成个大大的圆形给他俩看："爷爷，爷爷临了就这样掬着，捺都捺不下，是不是指镯子呀？"穗穗这样做其实更带有转移目标的鬼念头。

薪尧只顾捡拼镯子，随后半带遗憾半带疑惑地质问蔡葵秋，这是咋回事？

蔡葵秋不紧不慢，在妻子手里翻来拨去，找出不太破损的那片说："看见这个'新'字没？"

她俩摇头不知是没看见还是没看懂；蔡葵秋接着说："就指你，新—薪—尧。"

母亲临走时留下这副镯子，是蔡家祖传，从清宫溢出的。祖上找人卜卦，镯面被琢下两字，说传到两代三代或四代，定会出现两异姓女人嫁给同个男人。

母亲临终交代把镯子送当铺应急，他舍不得，再说水老板心好，给自己留了后手，因为几路钱凑齐了医疗费，镯子幸好搁下了。

08

"那就是，还有款同样的？"薪莛半信半疑这只在故事书或电视剧里才编得出的故事。

蔡葵秋接着说："是的，另款上也有个字。"

"是'重'字？"姑侄俩异口同声地喊了出来。

薪莛知晓"故事"结尾或结局。原来重家新家八百年前就被注定与蔡家有宿缘，原先自认的姻缘桩桩件件都在他们三人间获得了验证！

"太神奇啦！太震撼啦！……"穗穗又把持不住自己，兴奋剂一波波拱着她；这样也正好转移了蔡葵秋所担心的下个问题，妻子肯定会问如此金贵的东西咋跑橱柜里了。

理解到这层意思上，薪莛用心将碎镯拼凑起来，生怕丢掉哪怕最细微的环节。她知道，镯子瑕疵到这般命运，不管物是人非还是物无所值，剥离后之所剩不外乎那念想而已。这样想着，她原本打算在下个月请产假的念想再次成了犹豫不决，而恰在此刻腹中小生命的蠕动又占据她整个大脑。她这辈子习惯了在"是"与"否"或"本"与"该"的矛盾冲突中体味着人生抉择的艰难。

"没事没事，碎（岁）碎（岁）平安碎碎平安，老人都这样讲。"蔡葵秋学会安慰家人，并让穗穗洗手端饭。

饭桌上，蔡葵秋将明天的《套餐食谱》推给穗穗。听不出是玩笑还是认真地说："在车站擦皮鞋的那位阿婆你认识不？上个月我讲好了，等你高考完，带你擦几天皮鞋，反正闲着也是闲着。"

"什么什么？没有这么寒碜人的，不跟你沾亲带故也不至于这么糟蹋人！"薪荛噎进半口米饭，咧咧巴巴骂起来，并将空玻璃碗重重地撺在桌面上。

但穗穗听着亢奋，说："挺好的呀，含金量不高却很实惠，每双五六块十双五六十，呵呵，现钱。眼下你跑哪挣钱？"接着有口无心地读起食谱来，诚心想缓和话题：

> 去核红枣（四五枚）、枸杞（八九枚）洗净，锅里
> 加水（适量）煮开后转文火继续煮10分钟左右；加入
> 酒糟（约200克）搅匀煮开；然后打入鸡蛋（一枚）。
> 搅匀关火即可。

薪荛捂住嘴转身跑向洗漱间，跟着听到呕呕声；蔡葵秋忙抽两张纸跟过去，这头穗穗读也不是不读也不是，痴痴地看着姑妈进去出来又进去。

"寻常咋弄就咋弄，搞套餐花钱费时，不见得合自个儿胃口，人跟人不一样呀！"薪荛说。

蔡葵秋听出来了，她在跟重渊比，但依旧固执地说，那就每周弄两份吧……

这话被薪荛打断，叫穗穗盛碗汤压压胃吧。蔡葵秋由此理解为默认，也学着穗穗想转移话题："那天捻捻空腹回杭州，也没

给娃弄点吃的，难得回来趟，我心上老惦着。"

薪莞刚把唇搭碗边，听这话就"呼"地将汤碗搁桌上，狠狠地剜了眼蔡葵秋，说够了！边起身边瞄眼穗穗，说得赶回单位去，你在家别乱跑，看看书，闲书也行，听见了没？

听到"小宝马"出门，穗穗透过窗户说："姑妈以前不是这脾气呀。"

"怀孕了都这样。"蔡葵秋边收碗筷边说，心说重渊怀孕时比这还厉害，他都被整怕了。

"噢，差点忘了说，哥哥昨晚发信息来，说月底回来，跟家里赔不是，还带女朋友呢。"

"啊！带谁？呵呵，还带个压阵的，跟蔡家宣战怎么着？"蔡葵秋提高了嗓门："还嫌事搞不大啊！"

穗穗咬着嘴唇擦桌子，又进厨房洗碗筷，心想她们兄妹俩总给家里添乱，让全家都不消停。

接下来，蔡家夫妇所顾虑的并不是捻捻回不回来拿钱。再不好不过拉扯一场，大人不见娃娃怪，大不了把房子卖了打地铺；最令人头痛的是如何安顿杭州女孩，头回见面咋称呼？爸妈叔姨咋听都蹩脚，关键是，压不压红包及压多少？穗穗传话讲不清，薪莞电话追过去也只讨回干巴巴的三个字"想多啰！"

既然不让想多，难不成这叫吃饱撑着瞎操心？忙里忙外十多年，不是爹娘胜似爹娘，自己是新家人也就罢了，可蔡葵秋在孩子眼里算什么？撇下自个亲生的养着八竿子够不着的，哪家冤大头这辈子傻到不吐半个"不"字？

从这点上讲，薪莞一直心存感激，感恩身边这位大哥。人穷点木点实诚点不算错，没能力赚大钱也不算错。错的是，人世间的心绪太错综复杂，人与人之间的感情太过微妙，关系太过诡谲。能碰个与自己厮守终身的伴儿谈何容易呀！自己却碰到了，千年等一回，我新薪莠就是修炼成精的那条白蛇，当初下凡不图别的，只求能跟许仙好好过日子。

"发呆了？想什么想呢？"蔡葵秋忽然发现薪莠头上添了好多白发，这些天早晚听妻子在梳妆台前说直脱发，刘海深了，露出三道抬头纹，高髻挨不住竟也悄悄滑到脑后。身为丈夫，蔡葵秋每每听见，心里也酸楚楚的。入春以来家里不管大小事情接踵而来，放谁肩上不催老？

"听说有种'润华生态'的焗油染发，我陪你去趟理发店吧。"蔡葵秋不忍妻子这样出门，更何况，月底捻捻要带女友过来。薪莠想想说行是行，可化学成分多，皮肤过敏，对胎儿副作用大。

蔡葵秋听到这也就没了主意，木讷地看着妻子，满脸愁云，心底涌起的满是自责内疚。

"请问这是蔡先生家吗？"伴着敲门声，传来年轻女子柔嫩清脆地叫门声，说是来看房的，从斜对面房介获悉这房子要出手，走过来看看。身旁还有个中年男子东瞧瞧西瞅瞅，对宅子风水评头品足，临走放下一万块押金，说过几天还来。

"这对父女真有钱。"蔡葵秋边递押金边说，这辈子像没见过钱似的，心跳加速。

"你真木，明明是老少配呀，老总、明星，多的是。"薪莠攥过钱，边进院子边说："你见过这么大'小棉袄'还往老爸嘴上贴的吗？"

蔡葵秋自然想到穗穗，尽管这孩子有时也"大爹""大爹"地贴过来，但也就上小学有过几回。他甜滋滋地回味着。

"姑妈你们要卖房子？卖了你们住哪儿？旧社会有卖妻鬻子的，你们这叫卖房鬻子，与其这样，还不如卖女鬻子算啦！"穗穗刚从同学家回来，赶上这事。她知道这全是哥哥逼的，为凑那六十万留学费，不管家人死活，人世间还真有这等事?!

"行了行了，改不掉的江湖义气。"蔡葵秋夫妇俩嘴里嗔怪着，心里甜笑着呢。

穗穗这点好，打小为人仗义，文朋笔友围着转，狐朋狗友撵着跑。蔡葵秋夫妇对此既放心也担心，总怕生出事端，还好，有捻捻和还蚨罩着管着。

捋直袖口，穗穗温笑着嘻嘻哈哈蹿过来，环搂姑妈腰身，嘴巴甜腻腻成油罐罐："姑妈哟，我的好姑妈美姑妈，比娘还亲的亲姑妈哟。"

而薪莞则紧护小腹往后退，直退进屋里："好好好，都是小祖宗，别把宝宝挤了。"

六十万? 对别家来讲兴许无所谓，但对蔡家，仍旧是笔巨款，如磨盘，压在蔡葵秋夫妇肩上，甩都甩不掉。借吧? 谷腴瘦说过不下十回："用钱吭个声!"

外来的钱不姓蔡不姓新，何况狮子大开口，光年息就是五位数，驮不起更拖不起!

薪莞拿眼扫过屋子，视线又落到蔡葵秋脸上；蔡葵秋懂她心思，想卖房。这是 D 城现存不多的老式民居。关键是，蔡家数代生于此死于此，蔡葵秋被赋予了浓浓的情结，如果不是万般无奈绝不易手! 至于哪种窘况才算"万般无奈"? 他想应该是走投无路的那种，但是不是当下?

蔡葵秋眼下还背着一屁股债：母亲病重期间钱是借娘舅家的；为老人买公墓是借水老板的（父亲交代过，后事别为难政府，自家事自己办）；小器看病买公墓是借谷腴瘦的；穗穗八月份上大学，学费还没着落；捻捻伸手六十万就在七月底要；更别提当年拍胸脯答应过薪莞，说十年内给她买房。

难怪乎，薪莞这几年时不时怼他句，哥是个大骗子，男人说话如剥葱——不算数。

　　怼归怼，托孤之事极其严肃，是生者对死者使命般的承诺，坚如磐石，他俩对此从未怀疑后悔过。

　　睡马路是嘴边撒气，押当铺也是意气用事，都没过脑子。接下来，房介那头是那头，这头得紧着办。月底活宝来取钱，咋办？孩子事大，前途误不得哟！

　　妻子再次失眠后，蔡葵秋背地咨询老中医，照方子开了酸枣仁、柏子仁、首乌藤及合欢皮等泡药；掏光私房钱讨教按摩师，学会在然谷穴、失眠穴、关元穴等处轮番为她按摩。为避免她再度失眠，蔡葵秋所能做的，也就睡前为她泡泡脚、捏捏腿，上床为她捶捶背、揉揉头，泡着捏着捶着揉着渐渐听到呼噜声。

09

薪莞每回下脚前盯着泡脚汤拿警觉的眼神问："该不会又下那种药吧？"

她现在可没那方面兴趣，半点欲念都没有，想想就反感，就恶心。

再过五六天就到大暑，薪莞说空调晚点开呀，定到二十七八摄氏度，设置成睡眠状态，半夜两点关停。但穗穗说那要热死人呢，这高温总不能老冲凉呀。薪莞说，没有空调的日子不照样过来了呀，拿芭蕉扇驱热的年代不照样过来了呀，咱这老房子，冬暖夏凉，门口大樟树荫着，能省就省呀，裤带勒紧点过，再捱两年吧，这两年过了，咱家也好了。穗穗转而心想：反正我在家待不上几天了，忍忍吧。两年后？哈哈，我早飞啰。

睡觉前穗穗过来嘻嘻哈哈，嘴巴甜腻腻成油罐罐。不等一声"姑妈"出口，薪莞手捂下腹，打了个呵欠："小祖宗，又整啥幺蛾子，说呀，姑妈瞌睡着呢。"

原来，为欢送穗穗参军，经两闺蜜撺掇，想办个小party，四五人规模。既然冲穗穗的，穗穗自然要打扮打扮。校服从小学穿到高中十二年，她没感觉也没条件奢望时尚。见天盯着"不施闲"上那款雪纺大摆裙，偷偷流口水，还有那双细高跟。

姑妈起先死活不答应；但穗穗说我都被你们雪藏了十年啦，再藏就脆成玻璃人啦；蔡葵秋也帮腔搭调，娃都这么大了，燕子迟早要出窝，何况她呐，放心好啦！

其实，薪莞只是不愿让侄女重蹈自己旧辙。虽时过二十七年，但她内心深处仍时不时隐痛发作，挥之不去。

薪莞自怀孕日渐显出身子，去舞场频率也越来越低，大摆裙高跟鞋自然闲置下来；穗穗偷偷试过几回，做梦都对着镜子打转转。

参加 party 的闺蜜正是前年参加过省电视台辩论赛的几个女学霸，今年分别被北大、清华、同济和浙大录取；而那位男生并非他人，是还蚨。还蚨也算不上外人，跟捻捻兔尾龙头出生，平常哥长弟短地叫着；穗穗打小撅着屁股"蚨哥哥蚨哥哥"地叫。"蚨哥哥"上大学就没了踪影，听说处了女友，杭州一家房地产商的独生千金，穗穗直骂他重色轻友。但两人满打满算好了不到两年告吹，听说人家另有新欢。穗穗又骂他罪有应得。

穗穗坐副驾驶室，边欣赏路景边胡思乱想身边这位"蚨哥哥"，越想越好笑。当年哥俩憋气比赛，从洗脸盆憋到门口太平缸憋到村头醉蛙塘，最后憋到富春江，十有七八捻捻哥赢。蚨哥哥那张动漫甲子脸回回憋成紫茄子，愣是不服。穗穗转笑为悲，生出几丝恻隐之心：放新中国成立前，还家这万贯财，说他是纨绔子弟也绰绰有余，可他偏硬生生把自个低调成"凡尔赛"，就冲这，他就不"凡尔"！

"开好啦开好啦，蚨哥哥有驾照没？"见车子直往右偏，后座的妹妹们实在有点担心；还蚨打趣道，右耳打小有点背，全怪老妈，半岁抱街上，差点被墙拐角那爆米花声给吓死了。跟人玩游戏憋水，到现在还流耳脓。"大二"好不容易交了女朋友，可人家……或许意识到什么，还蚨打住舌头，冲穗穗鬼笑："这黄裙子，吸劲真大！"

还蚨大包大揽了party的所有开销，就这车，还是他跟老妈软磨硬泡才借到手。五个没出道的年轻人一路歌风亭长飚到横灞"水木灵洲"。

薪荛上班通常较晚，工作特点，自从有了身孕更是贪床恋枕。从片区儿回来，蔡葵秋将每餐调饪得细腻有味。"厨房小资"天性偏好，无关乎勤懒贵贱。

见早餐摆出三套碗筷，薪荛说穗穗不是跟你脚跟脚尖出的门呀？蔡葵秋说吃不吃瞧着舒服；薪荛拍拍脑门说怀了娃咋没记性，忘了给娃打钱。起身进卧室取手机，絮絮叨叨：多少算够呢？不带钱娃不踏实，走路腿软，穿高跟不舒服，只怕摔跟头……

"我看没事，跟身边借借，回来还嘛，何况还有还蚨。说悬死了，大马路上摔啥跟头呐。"蔡葵秋没好说下去，心想你就是操心操白了头发。

午饭蔡葵秋拿方便面凑合，嘴苦想切一小撮香菜入味，跑小店来回也就个把分钟，满屋子弥漫着焦味，开窗擦灶，幸好薪荛不在，否则挨骂事小，事大的就多了。

饭没入口，中介来电，说有看房的。他当即电话通报给薪荛。

陪者四五人，那位耄耋老人，华侨行头，说祖上就在D城，自己老了，寻根回来的。从蹩脚的普通话断定，八成是从南洋来的。他将手伸进蔡葵秋袖筒里，沿袭老式讨价还价；蔡葵秋幸亏小时候常跟外公贩水牛，早有见识。最后三百六十万成交，分三笔付清：先放十万押金，月末付五十万，余额待交接手续时补清，支付宝转账。薪荛向蔡葵秋点点头。

接过十万元新钞，薪莞瞅瞅老房子，再望望老樟树，哭了。

直到下班回来也没见穗穗，做姑妈的心里犯急，电话打去没人接；转而打谷腴瘦，那头说也没见人。夫妻俩这头紧张了，右眼直跳。薪莞转身瞪着蔡葵秋，又拿"不是你生的不心疼"这话刺他。眼见日落灯起，这事摞谁头上都火急火燎啊！

几分钟后，谷腴瘦打来电话，乐呵呵说没事没事，车已上路往回赶呢，都成年了会有啥事？

"快开门呀，阿姨！"外面三三两两在叫门，年轻人"从天而降"。

还蚨佝偻着腰背穗穗进屋，一米七的个头被压缩成小扁人；高跟鞋在闺蜜手里提着，她们说穗穗两脚都崴了，怕是踝胫骨折。

薪莞心说怕啥来啥。蔡葵秋见状转身跑社区医务室请大夫；薪莞则拿出冰箱菜团子包毛巾冷敷，吧嗒吧嗒嘴不停：不要你去呀不要你去呀你偏去，这下可好安生了。

但穗穗却咧着含珠唇直管笑，猜不透是疼还是痒。

"笑，笑，学你哥呀，见钱不想家，微信打款也不回？"姑妈嗔怨地瞅瞅侄女。

"没啊，你没打呀？"侄女咧嘴打开微信，"泉水老姑"名下空空荡荡。

"咋会呢？不会呀？莫非又忘啦？"姑妈摸着脑门想不通。

"哥儿们还缺钱？老姑咦，差点忘了我也是。"侄女斜斜地坐起来说，今天还蚨哥哥答应借六十万，他攒的压岁钱。

"给你？还六十万？凭啥？"薪莞打死也不信，六万倒有可能，那娃有压岁钱。

"信不信随你，青口白牙跟我说的。不接白不接，不计息。人家钱多，搁着怕虫咬呗。"穗穗说话软软糯糯。在薪莞眼里，年轻人缺经历，任性也是财富。

"可是，可是，中午有人来看房，已下过押金。"薪尧顿觉事情搞复杂了，不知所措。

"啥啥啥？那天咱说好不卖不卖，咋又……"穗穗顾不得脚痛，一屁股爬起来，抓住姑妈双肩直摇晃。

"眼看你哥回来取钱，还带个女的，姑妈拿什么给？就这点积蓄，这些年大事小事排着队，哪桩不烧钱？你大爹神经衰弱半年多，姑妈我都快疯了！上辈子得罪谁了这是？麻绳朝细处断，偏偏赶上咱家了。啊，你说说，你说说呀！"薪尧实在忍不住，涕泗滂沱地向侄女砸来："再这样弄下去……喔……喔……喔……"

穗穗停住手，默言凝视，给予姑妈怜惜及内疚的表情。她掏出两张纸，捏手上不知如何是好，两眼痴痴地落在姑妈陡然添白的长发上。

大夫说问题不大，主要是脚肌不同程度拉伤，药物加静养大概需两周时间复原。

穗穗这才意识到，有件顶顶重要的事竟忘了跟家里汇报：她报名参军，昨天收到通知！先前没讲是怕家里，尤其姑妈不答应。先斩后奏是她一以贯之的行事"风格"。为此，她在整个高三少吃多练，以确保把体重减到 50kg。

送走大夫回来，蔡葵秋手捧青山玉泉兰，说大夫说医务室花盆碎了，批评我不懂女人，家里也不栽盆花，养花就是养女人，养女人就是养风水；女人天生爱花，爱花才能爱女人，爱女人才能爱家。她还说今年花市兰花摆满了，等闺女脚好了你们姑侄俩去逛逛。说话间蔡葵秋找盆抔土浇水，窗前瞬间有了气象。

经与蔡葵秋商议，薪尧当下跟中介打去电话，退还押金，说明情况，并向"老南洋"道歉，若存在违约现象，请酌情考虑少赔补偿金。

10

　　这晚姑妈陪侄女睡，惦记为她敷脚，起床晚。早餐为穗穗热着，锅里焐碗蒸鸡蛋，揭盖撒葱末，在案板上。蔡葵秋心细留了纸条，谁的谁吃。

　　薪荛平白添了几分手力，出门前拿出老旧旱烟袋及一管胶水递给穗穗："你闲着也是闲着，把这镯子黏下，小心呀！破成这样，扔不是扔，留不是留，请师傅吧不放心还破费。"

　　穗穗心怀愧疚，自然不敢怠慢，把"环氧树脂类黏合剂"说明书上升到高考阅读：黏胶性强，拼片一蹴而就，或成功或失败，像走人生路，对错没有回头路。她忽然意识到，姑妈是在考验自己！

　　手机亮屏，还蚨来电问及伤情，说些安慰鼓励的话，其真诚体贴之心，令穗穗心暖。话题一转，还蚨问：明天月底，钱已备齐，划不划？

　　卖房的念头已掐断，大爹天蒙蒙亮敲门硬是从自己这头靠实了才上班去。她同样无退路。划！快划！哥儿们！

　　穗穗似乎难尽快意地表达谢意，补加了拥抱亲吻两表情包，随后电话姑妈大爹，为已解家中燃眉之急而亢奋不已。只是释然间脑海里又映出那庞涕泗相涌的面颊及丝丝白发。

她打开通信录，给父母开"梵摩"店的同学打去电话，说给我姑妈选款假发，你来过我家，知道的，好哥们儿，赶天黑送过来。

在杭州人面前，姑妈是要有脸面的！

7月31日恰逢周末，薪荛休息，正好腾出手脚待客。她让穗穗电话哥哥落实了返程安排，以便家里有数；不过让家人不解的是，捻捻不让把带女友回家的事透露给还蚨。

晚饭前假发送到，乌黑光亮，披肩的。穗穗说比图解的好看：端庄、大气、成熟，还不失妩媚性感。这些溢美之词一则送给店家，二则鼓动姑妈，三则借同学之手现场为姑妈装扮。这样忙碌过大半个时辰，镜子里的姑妈，豁然返回到坂井泉水模样。姑妈欣欣然，半带羞涩地说，现代人越来越能，以假乱真，乱得人都找不到自信。

穗穗随兴说，姑妈，您简直是"头上倭堕髻，耳中明月珠"；薪荛问啥意思，穗穗鬼笑着说，就是，就是姑妈您是冻龄摩后，待会给您拍张照，免得白化啦；薪荛嗔怨侄女调侃。姑妈没念几天书，都5G啦，是条游不动的"九漏鱼"呀。

穗穗半惊讶半调笑，说姑妈真逗，5G才时尚呢，您瞧好了，我准把老姑美化到当年去。

看着妻子果真找回当年的韵觉，蔡葵秋自然高兴，掀起厨房门帘补了句："穗穗，镯子，快快，镯子黏好了吧，给'泉水'戴上呐。"

直忙到第二天捻捻俩到家还没办妥。女友家的车，捻捻说乘车麻烦，自驾省事。看着两年轻人从后备厢拖出大包小袋，蔡葵秋夫妇心里直犯嘀咕：真下血本呀！

穗穗透过床头玻璃窗望去，目光撞到车牌号上，心里惊叫起来：乖乖，齐刷刷五个8！

不等捻捻拉女友"认亲"，女友已扭腰上前，甜蜜蜜没等喊过"姑妈"，脚下差点闪个趔趄，好在伸出的双臂恰好勾住薪莞肩头，鞋跟足有十二厘米高！倒是薪莞喜盈盈地扶了把顺势倒来的纤纤楚腰。初见的亲昵反弄得薪莞猝不及防，怕撞着下腹，半退半松手，礼节性地支应着，类如"姑妈比我家姑妈还年轻漂亮""比我梦见的还和蔼可亲"等妙音充耳，灌得薪莞血压蹿上百会穴，就差喊头晕。

知道上回伤了妹妹心，这回又看到妹妹伤脚卧床，当哥的关怀几乎热情到献媚。其实，他耿耿于怀于电话那档子事，后来听说，为个"轴"字妹妹还差点投江，这事闹的，当哥的内疚死了，这回拉女友过来，也是怀有忏悔之心。女友赴命，自然不好怠慢，磨破那副薄如纸片的樱桃红唇，妹妹长妹妹短地捻亲昵情。

"好个美丽、漂亮的小嫂嫂咦！"穗穗绕过哥哥，反倒对她有好感了。

薪莞从黄花梨五斗柜里翻出象牙筷，跑蔡葵秋跟前搭下手，借此商量起眼下事宜。不知不觉已到正午，跟着"欻拉"一声鲫鱼下锅出盘，十道大菜齐啦！六道硬菜四道软菜，暗含"十全十美"。正餐上桌，正事上桌，蔡家这顿团圆饭像模像样算有了氛围。

薪莞再次将目光投向对座女孩，忽然印证了女孩所说"梦见的"同感，好熟悉右眼角那颗泪痣！但瞬间否定了自己，兴许是如捻捻所说"想多了"。

捻捻冲身边女友腻笑着说："姑妈，大爹，我跟恋恋商量过，这次出国不花家里一分钱。"

薪莞刚想说"钱已给你筹齐了！"却被这话噎得桃花唇定格

成大大的"O"字，半天没了下文；穗穗赶紧出来解围："哥，你……你俩啥意思？"

"噢，姑妈，大爹，是这样。"叫"恋恋"的抢过话题说："我吧，跟捻捻是真心实意相爱的。捻捻，你说对不？"

捻捻点头回应女友递过来的深情，那片厚厚的嘴唇刚刚张开就被女友打断："而且，到英国留学也是我俩共同的志愿。其实，家里在我念高中时就做了计划。只是，大学四年碰不到合适的伴侣，现在终于落实下来。家里已在英国存足了我俩在那里四年的所有开销。"

嘿，蔡家三生三世竟赶上这等大运！穗穗暗生喜色，紧着将手机内那张划单锁屏；薪莞更是不知所措，看看捻捻，瞧瞧恋恋，相信与怀疑轮番向自己挤压过来，拿嘴角掩饰着"夹菜""夹菜"。

瞥见恋恋伸出左手夹菜，腕上露出扁玉钉铐镯子，帝王绿翡翠显得格外刺眼。当时被勾肩时，自己就有种凉凉的感觉。好熟悉啊！

"这镯子应该是姊妹对呀！"薪莞接了话题，拿一种谨慎而又试探性的口吻问道。

"嗯。"恋恋应着，看了眼镯子，懦懦地嚼着菜，又轻咬筷头说："我妈在时也说有一对儿，外婆留下的，可我只见到过这只，另外那只听说二十多年前被摔碎了。我们家来了个坏女人，很坏很坏的女人。"

端详这般甜甜的初恋脸，穗穗直舔双唇，好生羡慕，说过两年回到大学，也要轰轰烈烈谈一场恋爱，像罗密欧和朱丽叶那样，爱进血液里，恨到骨髓里，死在情人怀里。

"啪！"薪莞将象牙筷重重地摔在餐桌上断成两截，刚上桌的酸菜排骨汤，瞬间从青花陶瓷碗里飞溅出来，直溅到恋恋那款雾霆蓝裙装的胸花上。薪莞拿充血的眼神死死地剜着穗穗，同样重重地说："爱呀！恨呀！死呀！这就是你们的爱情?!"

在在座者莫名惊诧的眼神中，薪莞离开座位，径自回到卧室，"呼"地关了门。

穗穗连惊带吓，双腿本能地哆嗦起来，脑海里闪出姑妈昨天跟自己吐露过"快疯了"三个字，更是吓得半死，幸亏恋恋坐旁边，和捻捻将妹妹扶回床上。

"没事，没事，你姑妈这些日子呐操心太多，累的，赶上也就赶上了。自家人，也就不用见外，吃，吃啊！"蔡葵秋前言不搭后语地打起圆场，将尴尬降到最低限度。

事情弄到这地步，最难受的是穗穗。她始终认为是自己那句不合时宜的浑话惹姑妈失态，自然倍加内疚自责。捻捻和恋恋赶天黑要返回杭州，自然不敢耽搁，提心吊胆地扒拉完碗里饭。为他俩送行，全由蔡葵秋安排，从城里带来的包包裹裹劝他们带回，留两件算是"心意领了"。

"等等！"正当恋恋发动引擎加油门时，薪莞赶到门口，不瘟不火地说："听着，姑娘，我就是你刚才讲的那个'坏女人'！你带句话回去，你们燮家人，尤其燮一熙，欠我一个大大的道歉。我等了快三十年，整整一代人！"

蔡葵秋搀扶薪莞回来，看到穗穗坐在床上，依旧惊恐未定满眼困惑，便温和地说："没事，没事呐，孩子。你姑妈也是气的，不是气你，缓缓就好了。先吃饭，先吃饭，啊？"

11

　　见姑妈会意且不好意思地冲自己抿笑，穗穗相信了，也坚信姑妈今天有故事要讲。既然姑妈没事了，自己自然没事。

　　事情追溯到 1996 年，那年新薪荛 18 岁，在杭州一家美容培训馆学艺。源于同是日本歌后坂井泉水的粉丝，她与比自己大两岁的燮一熙有了共同的兴趣，一来一往两人好到大大方方逛湫涛路、欢欢喜喜游西子湖、偷偷摸摸住湖心亭……她怀孕了！

　　当年大凡家有电视的几乎无不知晓"泉水歌后"。新薪荛首次被领进燮家时，竟被错认成歌后。经数次考察，燮家老少盯着新薪荛略显突兀的小腹，非常满意地接纳她为准儿媳。

　　流产随后就发生了，出院后拿着医生出具的医检报告找到燮家，说自己可能失去再孕再育机会。但燮一熙连看都没看，不就是上门讹诈吗？说着指使管家付她五千块走人。这位曾向自己信誓旦旦同样说着"爱进血液里，恨到骨髓里，死在情人怀里"醉话的"心上人"，硬生生把自己打发出门。

　　更令人不可思议的是，那次她从楼梯摔下，断送了自己婚姻；而她的偶像坂井泉水，恰好在十年后的 2007 年，40 岁时全然重演了自己的遭遇。两人同样摔碎了自己的梦。更惋惜可悲的是，泉水还断送了性命。从这点讲，自己还算庆幸。

捻捻回家如昙花一现，却深深刺痛薪莞隐藏多年的旧伤，搅得她情绪波动一时难以平静。更令她难以平静的是，穗穗今早收到一份更特殊邀请，主办方是省对外文化交流中心，邀请当时电视辩论赛的冠亚军队员参加，自8月5日至8月25日，对意大利及文艺复兴之风盛行的几大区域进行考察学习。

其实，此项活动早在赛前就酝酿好的，不巧被搁置下来，直推迟到八月份。穗穗人虽在床上，心已被如此兴奋荡漾到佛罗伦萨、威尼斯，以及德国、英国、法国和西班牙。

这样整个八月份，掐头去尾穗穗在家待不上几天。侄女没肝没肺，早想逃逸呢；可当姑妈的，越看挂历越焦虑。自"建军节"请假，为穗穗做些类如针头马脑这些事儿；隔三岔五地帮她揉敷擦药、泡脚活血，单怕落个跛足什么遗症；千叮咛万嘱咐不要跟陌生人讲话；还有……

蔡葵秋这头也没闲着，使尽浑身解数，拣好吃的好喝的烧，说高考把娃考脱了皮，得补……

穗穗出发前那天，薪莞更是焦虑不安，进出门丢三落四；她自言自语，形影相吊，表情迟滞；她紧抱包子不放，梳理狗毛；她对着窗户长叹短息，不能自己。

保留学籍先体验两年部队生活这事，穗穗认真考虑过，也跟大爹商量过，两人已达成"勾手同盟"，等入学后再讲不迟。上大学是主旋律，参军只是其间的一段精彩插曲，对于像姑妈这样的心理承受力，有些事，能缓就缓，能避就避，能一揽子过就一揽子过。

谷腴瘦又被蔡葵秋电话请来。她也正想过来，整个七月忙着支援邻县，回来没几天，现总算缓口气挪开步。影子还没进门，她那两片蜜香纸红唇早就扇呼起来，风一阵火一阵，瞬间把个冷冷清清的蔡家院庭吵得好不热闹。

薪莞恋恋地迎上来，竹尖手拉住观音手。谷胰瘦说："妹妹呀，两个娃，你看看，去英国的去英国，去德国的去德国，多出息！姐这叫吃不着葡萄吐酸水，羡慕嫉妒咬牙恨；唉，妹妹可别多心，你这是烧造的，医学上叫'分离性焦虑'。"然后坠眼瞧瞧薪莞略显身子的下腹，接着说："不是亲生胜过亲生，不知是谁的福，现自己怀上了，还焦虑个啥？保胎要紧！明天姐值班。"她扭头瞅一眼蔡葵秋，命令道："哥得陪她来，做个胎儿染色体、三维彩超检查，花钱事小，孩子事大，误不得哟！"

"小祖宗"都走了，蔡家终又回归到高考前那份清静，薪莞却又难以适应如此落差。她拿起抹布，摸摸这，擦擦那，当擦到餐桌看到网罩，肚子咕咕直叫。

昨晚到家没食欲只想泡脚休息，泡来泡去竟泡进梦里，梦见两孩子绕大樟树嬉戏追逐，睡过头醒来晚。眼见独独吃着早餐，她又思想起孩子的好与不好。不在跟前了，孩子的所有不好也统统有了温度。薪莞忍不住给孩子们发短信："抽空给家里报声安！"

她知道，八成是徒劳。孩子长大飞走了，这个家，谁愿意来？

早餐照例按食谱走，暑天放凉没事，妻子吃起来不烫嘴。"国家文明卫生城市"复审验收开始，市政府上下动员紧锣密鼓，要求辖区360度24小时无脏角死角。蔡葵秋这片儿东西两头接文明窗口，被重点抽查，不能见半捏纸屑半丢烟蒂。他责任重大，咋敢怠慢？除过三餐时间，得巡线守片，清捡路面及分拣垃圾。歇息间，他无聊地杵在垃圾桶边，眺望东方，呼唤晨阳，秒拍彩霞，贪婪地呼吸新鲜空气。

渐渐地，他眼角生出幻觉：晨阳变成三个影子从仁爱医院出来，蹦蹦跳跳，忽上忽下，天真可爱；她们手拉手，肩并肩，背衬蓝天白云：羊角辫生成苹果发；生成丸子发；生成微波卷；生成中长卷。她们着红、蓝、绿三色雪纺裙，裙长过膝，庄重中透出烂漫。

这些"雪纺裙"们贪婪极了，或指追飘云，或指认飞鸟，或歌吟松柏，或……在女人眼里，处处是胜景；如此女人在蔡葵秋眼里不知不觉生成新的胜景。

"嗨，帅哥，帮帮忙呗！"只见"红雪纺"向他招手，请他拍照，说她们来这采风，要拍抖音，要做短视频，还要做动态画册，为《蓝色天梦》这辈子合作留下最美好的回忆和纪念。

正当蔡葵秋接过手机调焦时，"绿雪纺"说，差点忘啦，还是等等，应该把小秋叫来，咱这《蓝色天梦》不能缺谁少谁，然后冲蔡葵秋歉笑着征询可否愿意等？闲也是闲着，再说被美女们胜邀由生头一遭，"帅哥"打心里美着别样的美。

"哎，薪莞，你在哪？""绿雪纺"嗓门大，路边惊鸟忽飞忽落；而对方声音很轻，对话时间也长，估计在做解释，难以赴约。"雪纺裙"们很是失望，议论纷纷。

"秋姐今年事也太多，挪都挪不开身子。""蓝雪纺"说着拿出牛角梳补顺大卷长发。

"冬妹，你家事也不少呀，你咋能挪开呢？""红雪纺"抿口自带水，边拭红唇边转移话锋。

"可是，春姐，秋姐月份越拖越大，等生了娃再拍，恐怕就难啰。"应该是"夏"吧，不无担心地提醒道。

"好啦好啦，你们也是过来人，三妹这岁数上怀孕不容易，姐妹们要互相关心互相理解。""绿雪纺"声大压人，气势磅礴。

"大姐说得对！""红雪纺"转变口风应和着，显得恭维，却又添油加醋："秋妹人家有闺蜜，很蜜很蜜的那种。我几次撞见，人家逛超市手拉手，有点那个。"

"哪个？""哪个？""绿雪纺"和"蓝雪纺"生出几分好奇，拉住"红雪纺"左右袖刨根问底。

蔡葵秋想起家里挂"不施闲"上的雪纺裙，莫非自己的薪莞就是"绿雪纺"嘴里的"三妹"？或"蓝雪纺"嘴里的"秋姐"？他心里咯噔咯噔，如此说来自己的女人就是她们期待着的"黄雪纺"？为了进一步证实自己的判断，他此时此刻比她们更想知道"那个"是哪个。

"雪纺裙"们偏偏避过外人，头碰头凑成"三叶草"，私下叽叽咕咕；蔡葵秋远不得近不得，木讷中反倒激起几丝兴致。

预报三天后转晴，雨后的晨阳格外清亮，蔡葵秋的片区儿南依松柏，显得碧绿欲滴，令人振奋。四个中年女人，身着红蓝黄绿雪纺裙忙了整个上午，从彩排到复演，直至自觉满意，终于完成了全套鬼步广场舞表演，负责录制的则是从解放街请来的专业摄影师。师傅说包括影集、抖音、短视频制作等全程费用，对半打折，谷腴瘦提出资助。

她说，妹妹的事就是她的事，妹妹开心她就开心。

当时还担心薪莞能否完成这事，但过程竟出人意料地顺利，回家后除了脚沉身疲身体没啥异常，这让蔡葵秋及谷腴瘦倍感放心。当初基于对孕妇及腹婴健康方面考虑，谷腴瘦对薪莞在每个动作的用力上都给予医学层面的评估，这才增强了她的信心；在蔡葵秋这头，他权衡利弊，做足应急准备，磨破嘴皮近乎到聒噪程度。毕竟，帮助妻子摆脱令人焦虑的焦虑，是包括她本人及人世间所有关心在乎她的亲友义不容辞的责任。

12

录像之后没几天，接受谷腴瘦建议，薪莞在蔡葵秋陪同下又去仁爱医院完成了几个必检项目，整体呈正常状态。除听胎心、血液及肝肾功能检查外，还进行传染病检查，包括艾滋病、梅毒、乙肝、甲肝，等等。医生也给出了科学建议，如加强营养调理、适度参加身体锻炼、定期做心理疏导（医生笑道，你那闺蜜不就是最好的心理导师哦）。

另外，医生还询问孕母家族病史，包括家族遗传病、与有害物质接触史、月经史甚至婚姻史。这让蔡葵秋想到重渊及小器，如若当初能考虑到这些，悲剧也不至于发生。

想到儿子，蔡葵秋心里不由盘算起来，等明后天下班，顺便上趟公墓。

梅雨季节见天是雨，打把天堂伞，蔡葵秋去了坟上。先见过父母，再见过三弟夫妇，当爬坡靠近儿子墓碑时，他吓了一跳，有女人独自跪在那，不撑伞，披头散发，呜呜咽咽。蔡葵秋心里顿时栖栖惶惶，心想这大雨天，谁会形单影只地跑这来？莫非是她？

正拾级而上，"咔嚓"一声，一道雷电迎头劈下，差点把蔡葵秋劈成两半！顿时只觉满头寸发根根竖起，他浑身打个寒战，趔趄两步，紧抓垂枝圆柏。雨，并非因为雷电而停歇，梅雨的秉性更是如此，由着性子走，走着走着在某时某处就显出诡谲来。

哭声不见了，披头散发的人也不见了，在残香断烛的水泥台案上孤孤地躺只镯子，规规矩矩，被雨水浸洗得色鲜如新，尤其那个"重"字似刚刚收起镂刀般，格外醒目。

"重渊！"蔡葵秋打个激灵，抬头朝四周寻望，所能见到的只是如麻般的旧雨；新雨；新雨之后又是旧雨。铺天盖地，交错循环。

盯着镯子，蔡葵秋想了又想，这是几层意思？是重渊留给儿子的？还是想物归蔡家？还是仅仅因仓促离去落下了？还是……

想来想去，哪层也站不住脚。就重渊？小儿麻痹遏制了她大脑持续发育，想事复杂不到哪里去，不然当初不会离婚带儿子走，甚至儿子也不会死！

蔡葵秋就认这条死理儿。儿子的死，就是你重渊一手造成的，至少给耽误了。

老鼠不爱财，却爱毁财，是蔡家的就先拿回蔡家。这世上，任何事情的存在都有其说道。

刚想按键又觉得过于直接，蔡葵秋还是把电话打给重家娘舅。回话说重渊心情一直不大好，小器走了理发店就盘给别人，回娘家待了几天，闲着没事就整天想儿子，哭成个泪婆婆，情绪更加糟糕；老娘着急，拿自己的棺材钱跑镇上给盘了家店面，生意时好时坏，心情也跟着时好时坏。

最后，娘舅建议，不，是乞求蔡葵秋抽空来趟马蹄山看看，一日夫妻百日恩嘛，来了帮她开导开导。才上五十不算老，日子得挨着过不是？过去的事谁对谁错也不好讲。

蔡葵秋嘴上应承着过些天去，但对"过去的事谁对谁错不好讲"很反感，合着重渊离婚这罪过全算在自个头上了？小器死了这罪过同样也算在自个头上了？他今天想不通，到死也想不通！但失去儿子所带来的痛苦远远大于谁对谁错这样的责怪。

挂掉电话他才意识到竟把询问重渊今天是否来过西甄山这茬给忘了，可再拨回去似乎没有任何意义。仅仅为了这只镯子，他不想将问题弄复杂，更不忍扰乱自个儿现有的生活。因为他清楚得很，蔡家当下的生活，已经很乱了，自从小器走了，自从重渊离婚，自从……

他没法也不敢往回追。他承认，若追上去，至少得从三弟夫妇出事，从那双托孤开始；他甚至认为，只有找到那个应该被千刀万剐的逃逸者，才能将事情捋顺，也才能还亡灵一个说道。但即使讨到说道又能咋样？不就是对死者给予了终极交代；而对于活着的人，具体到自己，又能起到多大作用？天堂的事，人间并非可以知晓，而知晓了你又能如何？

眼下，蔡葵秋只能将所有问题堆积到无法改变的死胡同上去。道理很简单，六个月后，他又要当爸爸了。

拿回镯子这事，他同样不敢跟薪莞说，宁可捂烂捂臭。妻子保胎比卖房子更当紧，虽说孕期已满三个月，但46岁怀孕咋说也算是大龄，妊娠反应时时发生。谷腴瘦讲胎情虽稳定也不敢疏忽，三天一个电话、两天一组语音地询问，很细心很专业，比婆婆还上心。在这事上，老妈走了，她就成了婆婆式闺蜜。再后来电话就直接打给蔡葵秋，说忘了这茬，手机这东西就是辐射源，现代人生育力低下，电磁波是罪魁祸首。"祖国的未来"伤不起呀！蔡葵秋夫妇听后腿在裤管里离筋离骨地直哆嗦。

从此，蔡葵秋不知不觉二次充当起传话筒。

头次当传话筒得从十年前说起。2012年正值谷腴瘦36岁本命年，她本想减肥却不承想从132斤锐减到不足百斤，想必是夜班加多了累的，就在她接生第 7949 个婴儿时突然出现流鼻血，止不住，经查患了白血病，需要骨髓配型。

这时人们才忽然想起谷腴瘦，因为那里是骨髓配型的最佳配源，但谷家人在哪？谷腴瘦说，在自己过 3 岁生日的那个隆冬，谷家发生了煤气中毒，姊妹九人无一幸免，唯有她被救了下来，真应了"九死一生"。这事成了她终生的痛，也促成了她初中毕业赶考护校，18 岁走上婴儿接生职业。她说这工作离生命最近，也最有意义。她要向林巧稚学习，这辈子要争当"万婴之母"。

骨髓配型，无论从姊妹还是从家庭成员，作为 HLA 部分相合或者单倍体型进行移植都缺失最直接的供源，而刚嫁到本市不久的薪莞，恰巧具备 HLA 完全相合的配型。你说这不算天意又算什么？

至于谷腴瘦咋从东北老爷岭跑到 D 城这事，听起来更悬乎。她接生的首个婴儿，不是别家的，恰好是穿梭于牡丹江两岸的还氏人家的。姓还的是生意人，却偏好镯子收藏，他将毕生所赚全部投放于镯子寻购上。当他从产房接过哭婴时，两眼却被那双丰满颀长的指臂所吸引。更奇的是，他注意到抱婴孩的十个罗筛子竟各含眼印。他在幸福中增加了兴奋，几天后向她提出做"镯子模特"的邀请。

所以，毋宁说这一切是偶遇，倒不如说更像是天意，上天冥冥之中早做了安排。

而提起她到 D 城这一选择，同样有意思。老还那位姓卢的生意伙伴说名下有座自命的"还麾宫"想出手，在南方 D 城，收藏兼居住。他二话不说倾资接下，恰在此前因与谷的关系不明不白，妻子离婚，并要走了儿子。谷腴瘦被劝随迁南下，名正言顺地做了还太太。又十年后，碰上薪莞这位"及时雨"，救命恩人。

不明就里的人，曾骂这对"死党"夺走别人家的男人，破坏别人家庭，道德没底线，人格没尺度。她俩都忍了。

谷腴瘦不幸中有万幸，同样万幸中有不幸，入居 D 城五年后，丈夫因肝癌而死，连人带房留下这摊子；谷腴瘦拉扯儿子，糊里糊涂成了孤儿寡母，被动且现实地认可了丈夫的如此安置。

话再拐回来，谷腴瘦因报恩而黏友，因丧夫而恋子，因排孤而勤作，因重责而守镯。这四大件几乎成了她余生唯有的情感投资甚至是精神依托。

不过退一步说，谷腴瘦还真幸运，她视新薪莞为救命恩人，从此两人比亲姐妹还亲。蔡家都听"老抗美"的，老人常说，既然老天有眼人有义，那就断不该把捐献骨髓当成买卖。试问战争年代谁为谁献血谁替谁挡子弹还讨过价吗？生命这东西贵着呢，若这也能放袖口里讨价还价，还有啥意义呢？

新薪莞献骨髓，分文不取，全当凤凰涅槃，让谷腴瘦重获新生。这事当时在 D 城被传为坊间佳话。就是现在，你还时不时能听到有人餐间茶后称赞呢。

相信有人会问，划入穗穗账里的那六十万，到底算还蚨手里的压岁钱，还是谷腴瘦报恩蔡家所采取的间接方式呢？不好说。事实是，穗穗在捻捻和恋恋俩离开 D 城后就将那笔款项原数打回还蚨账上，并讲明原委。但还蚨迟迟未收，甩甩油头说，权当妹妹出国、上学、参军的零花呗。六十万啊！在他眼里那么轻描淡写不值一提。这话讲得含糊其词，听得更是满头雾水。在大爹姑妈再三催问下，穗穗的执意被还蚨通融成 0.01 个百分点的存款利息。穗穗表现得很无奈！同样权当是年轻人玩发红包吧。

13

今年5月12日护士节，正赶上谷腴瘦工作满30年，她也实现了安全接婴上万的美好夙愿。为此，省、市两级人民政府分别给予她特别嘉奖，并赋予她"林巧稚式万婴之母"的荣誉称号。当时，有影响力的几家媒体跟进报道了她30年来爱岗敬业、精益求精、不图回报的献身精神，听之令人摧心动容。

如此大张旗鼓并非她所希望的样子。多少年来，尤其成功获得骨髓移植并与薪莞结为姐妹后，谷腴瘦更加清醒自己该怎样经营自己的人生，唯有加倍努力地工作多做贡献才是对社会最好的回报。

骨髓移植那段时间，蔡葵秋几乎把手机打爆了，它应承了当事双方手术全程诸多信息的传递事宜，也见证了她俩建立真情的全过程。正因如此，它成了蔡葵秋爱不释手的心物，他也偶尔被年轻人戏称为"翻盖叔"。其间，薪莞说给他换，他不要；谷腴瘦说给他换，他更不要。如今都到5G时代了，他那老人机还停留在2G、3G。他说这比座机方便多了，随便到哪都能听能说，还要咋的？几次当酒喝到醉不醉醒不醒时，他会呼哧呼哧爬到马莲峰，站在日本炮台旧址，翻出通讯录从头打到尾直到烫手没电，或跑到片儿中央手舞足蹈、呼天喊地地乱吼一通，然后摇摇摆摆冲过路人吼，谁说这是破玩意儿，耐用！过瘾！

想到两个孩子都还算有出息有未来；想到自己将要老来得子；想到不久退休膝下有儿；想到不久内债外债两清；想到……他醉生梦死地躺在片区儿，在夏天还好说；在冬天，有几次差点冻死过去，恰恰是，快要冻死的时候，他醒了，或被过路人拍着脑门叫醒了。

昨天，蔡葵秋趁薪莞上班，忍不住从四姑娘井里提出深藏多年的少半甑玉米烧，开封提坛，仰起脖子咕嘟咕嘟猛灌，借了酒劲异想天开：不到三公里长的片区儿洒满黄金，前景越远越美好；苦尽甘来，好日子，终于到啦！

手机振动，电池老化，摸着烫手，谷腴瘦打来的，在情愿与不情愿间蔡葵秋还是接了。电话那头口气很硬，不待商量："大哥磨叽啥？快来电信营业大厅，有急事，带上身份证！"

谷腴瘦周末约了薪莞逛商城，顺道拐进手机营业大厅，说老蔡那机子太过时，关键是太不方便，没支付宝，没法走账。但购机需现场刷脸、实名认证，全得机主在场。价值六千多块的最新款式，5G智能，谷腴瘦下得血本，令新薪莞直伸舌头。起初蔡葵秋死活不肯，却拗不过两女人软磨硬泡，而真正撬开他嘴巴的是营业员那句话："大叔，这款手机有优惠，存八百块话费送八百斤大米啦！"

拿到手机第二天，蔡葵秋经人点拨，很快学会玩手机，第一条微信发谷腴瘦就问手机价格，却收到"俗气"两个字。第三天试着截图，第四天开始上网。使箸帚腾不开手，他从抽屉翻出烟袋把手机装进去，口线一收，挎腰上正好。

玩归玩，蔡葵秋心里明镜着呢，尽管"死党"不给他购机发票，但这款机子绝对价值不菲。他懂得无功不受禄，老爸"非己莫取"的另一个版本。这辈子他总是老债没完新债来，负不完的人情债！债台越高人格越低，成了他这几年摆脱不掉的阴影，走路腿痛直不起腰，可还得受着。

他又不得不承认，"老翻盖"在当下用起来的确不便，上回跟谷腴瘦进咖啡厅就麻烦得很。这几天新手机玩来玩去玩通了脑筋，好多事都不是从被动到主动过来的吗？薪莞教会的。

"周日接你去杭州！"见是谷腴瘦打来的，蔡葵秋本能地犹豫片刻，但又不敢有丝毫怠慢，没等问个究竟，对方已挂机。拿人家的手软，何况这女人跟自己说话从不打折，说句难听的，哪阵要你躺，你不敢站。他已习惯了如此被动地主动着。

的确，谷腴瘦也真没法跟蔡葵秋讲清楚，走杭州就走杭州，目的地清楚目的却不清楚。此次赴杭，既是受薪莞之托，也是受燮一熙之托，两头担着。

至于谷腴瘦何时跟燮一熙有了瓜葛，蔡葵秋更是满头雾水。周日大清早赶上雨雾，他们趁天凉上路。谷腴瘦说，赶天黑就回来，周一早上可能有两个接生任务，能讲清楚的只有一句话：杭州有个老板想认识你，早就有跟你交朋友的念想。这个关子卖得，让蔡葵秋郁闷极了。就算是一起绑架案，他也得认了；方向盘攥在女人手上，他唯命是从。

谷腴瘦与燮一熙认识也就是两三年前的事，充其量算作初交。还是儿子在杭州上大学，阴差阳错地认识了刚入学的大一小女生。一出一进间两人打得火热。那半年，儿子竟没跟家里打过一回电话问过一声好。

更有甚者，他还自作主张提着简历满杭州疯跑，跑公司找工作。开始嫌弃D城太小，不想回，霍然自诩为跃池之龙。当然最直接的原因是，为等身边那个女孩。他明明清楚得很，女孩不是别人，正是杭城鼎鼎有名的房地产大亨燮一熙的掌上千金。

燮家人真不看好这个大四毕业生，从四类小城市来杭州的油头粉面公子哥，那做派根本就不是大亨心里所希望的样子。更何况，头回见面燮一熙就对眼前这个矮自个一头的毛头小子失去兴趣。人不但清瘦缺气场，把几个问题回答得乱七八糟毫无建树。燮家人咋敢将偌大个摊子交到他手上；更是，将自个掌上明珠的终身大事托付给如此不靠谱的年轻人。总而言之，还蚨离燮家人的择婿条件相差十万八千里。

"宝贝啊，也不掂掂分量，你就不是燮家餐桌上那盘菜！"谷腴瘦提醒过儿子。她更不希望儿子离开自己半步，她不信D城这水池就容不下区区一条小鱼，更不信也算远近闻名的"还魔宫"拴不住儿子的心？知子莫弱母，更何况老还临终前紧抓观音手交代又交代：儿子，打死也得给我拽回来！

还蚨自从毕业回来，见天郁闷着自己的郁闷，把郁闷源头直指那个肉头大亨，也就是说，他心里还装着象牙塔里天真可爱的燮家千金。

幸亏，他没明白在这件事上，当娘的充当了燮家帮凶，更没想到两家老人合起来坏他事。否则，指不定会闹翻还魔宫不成。

昨天，谷腴瘦上门给薪荛把过脉，说这期间仍在危险系数内，少动多静；但薪荛心想，现今最不靠谱的就数专家，亦真亦假，但她却深信谷腴瘦。

薪荛身孕四个月出行不便，每每想起燮家人那一张张嘴脸就恶心得要吐，自从上回见过恋恋，她就等着对方滚过来爬过来跪着给自个儿一个说法。女人这辈子有几个二十八年？

新薪荛将燮一熙多次邀她赴杭州这事，托付给闺蜜去应酬。她不可能两次跳进同一条河里，却还得顾及另一个男人颜面。这回拉蔡葵秋进杭州，则冲着另一件事。

上周D市电视台派专人捎来特邀函，说省电视台要举办什么座谈会，说通过《小范热线》终于找到这位无名英雄，来自浙江大学；而浙江大学又委托院团委学生会把电话打到D城，说新捻捻同学做了几件大好事，为学院增了光，可能入选新时代"感动中国"候选人。电台正在做此节目，也正好借此素材给以报道。新捻捻出国留学无法到场，邀其母亲也实属正常。但新薪莞有孕在身，自觉上不了大台面，蔡葵秋就被连拉带哄上了套。

　　事情的原委曲直听着很感人。过去半年多，有五位家长或先后或联名，向省电台省报社去信或打电话，说他们或其孩子在西湖、富春江、钱塘江游玩时不慎落水，都是赶上那么个大学生模样的奋不顾身地跳水施救不留名。他们问来查去，最后才知是浙江大学的在校生，叫新捻捻。

　　燮一熙也知此事，燮恋恋也属被救者。只是，新捻捻救的不是燮恋恋本人，而是打捞了她那只镯子。前年踏春，燮恋恋和几个女生跑富春江游玩，划汽艇途中镯子不慎滑落江心，她急得大喊大叫；同样有这么个年轻人奋不顾身跳水游过去，在水底摸了足足半个钟头！满岸游客屏住呼吸，以为悲剧将发生，谁知"嗖"的一声，水面窜出个人头，年轻人手举镯子游向汽艇。瞬间现场爆棚，满岸掌声。好像后来有人在网上发过头条，只是距离太远，照片或文字，都是轮廓式的。

14

　　也就从此事开始，新捻捻被燮恋恋看上了，同样被燮一熙看上了。当时，新捻捻离毕业剩下没几个月。毕业前，恋恋在他怀里问，奇了怪了，你咋能在水里潜那么久？捻捻笑笑说，打小练的，还憋过一个小时呢。

　　座谈会在上午九点开始，持续了近两个小时。被救与施救双方见了面，男主持以其独有的主持风格，使气氛异常活泼。当问及做家长的平常如何教育孩子时，谷腴瘦全然替代了蔡葵秋，滔滔不绝、洋洋洒洒讲了六七分钟，一套一套的；蔡葵秋分明是绿叶衬红花。不过话又说回来，在如此庄重场合下，蔡葵秋只有腿肚子打软的份。他这辈子天生只会做实事，务虚那套，他最反感，自然最外行。

　　天黑返程途中，蔡葵秋十二分不开心，纠结于谷腴瘦那"滔滔不绝"的演讲中，同时，他必须承认，能说会道的确是某些人的内在禀赋。他蔡葵秋没有，下辈子？他此时忽然萌生出十分明晰的想法，不管是男是女，孩子生下后，必须将之打造成像身边这位能说会道的人物——她的确是个人物，至少在他这个不谙世故的男人心里。

车开进 D 城服务区，他忽然想起今天只顾瞎忙瞎想，进城一趟竟忘了给薪莞带点什么，便一头扎进购物超市，却又不知带些啥好。他寻常很少超市购物，那是女人的强项。谷腴瘦解手出来，跟着拐过来，边擦手边笑笑说，你怕还不如我知道她这阵子需要啥呢。

为只塑料袋，蔡葵秋差点跟人家吵起来。不是谷腴瘦拦得快，店家怕就报警了。哥你好笑不好笑？看着结账处堆满了无骨鸡爪、卫龙辣条、卫龙魔芋爽、源氏大辣片这些辛辣味十足的大包小包，全是谷腴瘦的主意。多掏两块钱买只提袋不是很正常嘛。谷腴瘦哭笑不得，好像丢人现眼的不是身边这个大男人，而是她自己。但蔡葵秋仍旧不服，掂着沉甸甸上百块钱的零食，内心有种割肉般的痛啊！

拐出高速上高架，再下引桥入 D 城，得过"二扣四环"复合桥，车辆必经由内封闭的四环旋转桥体同时穿过两眼隧洞出桥，鸟瞰下去，酷似重叠的四只镯子被二只眼紧紧扣住。

"厉害吧！"谷腴瘦说着将车速慢了下来："你知道不？这桥的设计采纳了我的建议。"

"什么什么？你的？"蔡葵秋捂住胸口吐出这句来，显得极度吃惊。

"咋着？别以为我在编故事。"谷腴瘦说的确这样，当初看到他们征稿，我就来了灵感，想到《步辇图》里那款臂钏，刚好四环，看这地形吧，落差很大，让车垂直环绕四圈不就搞定了？拿他们的话说，这叫突破瓶颈。这桥呀，已经上报世界五十建筑奇观呢。

没绕过两圈，蔡葵秋开始晕车，胃底发热，手掐喉头差点要吐，早上就这状态，还哪有心思赏光？只是几声急促的"呜""呜"警笛将他惊醒，出口被民警及警车堵了！说应特殊要求，对不起，得暂留！

蔡葵秋一脸茫然无措；他又侧目那对淡紫色花瓣唇，左努努右努努，不知何时补过妆，艳紫欲滴，说不上无奈还是坦然，自顾说了句，行在路上只能顺路啰。

被带到东暑宾馆，至少得等待两周。突如其来的变化，令他俩难以适应，他们只好打电话给家里给单位。薪莀停机，蔡葵秋只好请谷腴瘦托请还蚨上门代话了。

听说骊书记站出来要帮蔡葵秋上几天班，当领导的拿笤帚扫马路，不知是啥滋味更不知是啥姿势，蔡葵秋只有感激的份，老太太退休也是书记。书记替自己上班，蔡葵秋忽然昂首挺胸，立马高大上了；期待谷腴瘦接生的那两位孕妇，宁愿打宫缩抑制剂受罪也要等她接生，她们说，怀二胎三胎就是冲着她来的，不知是真是假，但比起那些腴着肚子跑港澳生孩子的强百倍千倍。

这辈子没住过宾馆，蔡葵秋兴奋加好奇，看啥啥新鲜，从门到墙，从墙到挂屏，从挂屏到床单，最后看着窗帘，款色像自家的，微风摆动下越加淡粉透明，将他吸引过去。他再次居高临下，扫视全城，灯火煌煌，车水马龙，改革开放四十年，真是换了人间！

视线伸向西南角，他看到了大樟树，树下好像伫立着高髻女人，半腴小腹朝这边张望……

他开始不安起来，确切地说担心起来，这几天薪莀将独自在家，谁来照顾她的饮食起居？

想来想去还是想到还蚨，但这事得征求隔壁的谷腴瘦，由她出面最好。但营养套餐恐怕这几天指望不上了。

半夜手机响起，他忘了设置静音，显出本市座机号。半夜来电没什么好事，不是中奖就是房市铺面推销，却手不由心地点键接起，那头传来哭哭啼啼的女人声，啊！是薪莀。

薪莞说，下半夜吓醒了，梦里全是自己整过容的鬼影，排着队，弯弯曲曲，好长好长，直通到奈何桥……蔡葵秋听着听着笑了，安慰说没事没事啊，你在枕头下压把菜刀或剪子，灵得很。我外婆在世时常这样做。

挂了电话爬床上，他又后悔没问问从哪家座机打出的；他急着拨回去，对方没人接，只能说明来自公用电话亭。而在蔡家十五分钟生活圈内，所有电话亭早就拆的拆，卸的卸，去年借整顿市容彻底清零了。5G 时代，全移动啦。

如此连环推断，推着推着进入梦乡，任由机屏亮到服务员敲门搞卫生。

如此不痛不痒地被折磨了三天，第四天大清早他们忽然被告知，是监测系统出了故障，整个东皋宾馆都是如此，不过还得过半天方可离开。高科技跟人开玩笑，竟也这样正儿八经。于是，被困人员如释重负地熬煎着，赶天黑说说笑笑回家去。那种重获自由的幸福感，难以言表！

有了新手机，在片区儿待的时间也相对多些，扫一段儿，打开手机玩一会儿；再扫一段玩一会儿。此时彼时。

好在有包子在家，薪莞那空寞的内心还能填补些慰藉：有它守院把门壮胆，就不怕天塌下来。但天外有天，福祸连根，来了挡不住。那天包子轰跑了硕鼠，却招来了狸花猫，从大樟树跳下的，吹胡子瞪眼睛，根本没把狗主人放在眼里。狸花猫围着包子不依不饶，几番撕抓较量后败下阵来，择路而逃。薪莞看够了热闹，捧腹直笑却又不敢大笑，手戳包子脑门嬉笑妙骂："得讲礼。抢人家生意，砸人家饭碗，伤人家自尊，人家会上门算账的呀，连这都不懂？"

职业告诉她，人有自尊，死了也有！人的近亲伙伴猫猫狗狗，照样有，人性起源于兽性。

果然不出所料，没过两袋烟工夫，敲门声来了，说是马路南边那家，前天刚回来。新薪莞心说，难怪这几天没了喇叭声，撤了呀。来人侧身挤进门，自我介绍说姓 rǔ（说着将"西"字头一低一仰打个大大的对勾，很可爱），女人的女，右手递上名片。其实，这算不上什么名片，独独三个钢笔字"女姂姂"，字头注了汉语拼音。看字看人，有文化，很有涵养。

　　自称"女"什么的，三十九岁，满身横肉，夹在纵条纹电力纺浮白色旗袍里，像肉夹馍跟着步律晃动，紧绷不算高的侧开衩，只怕叉越撑越高。新薪莞看着累，却诚惶诚恐地支应着；而"肉夹馍"似乎习惯了旁人的眼神，三分应和七分赏望，有气无力地说着"好风水""有年景"之类半懂不懂的话。接着，她半眯双眼抬头斜瞅大樟树，右手不停抚摸躺在怀里的狸花猫，似乎压根不知道猫身上沾满花花道道的血迹。那猫，像快死的样子！

　　"俺家宝宝哟，爱上你家狗狗嘞。冤家成亲家，您说够不够意思唔？""肉夹馍"说话满嘴喷气，语调不阴不阳，不知是东南西北哪里方言。

15

"不好意思呀，都是包子的错。当然了，归根结底也是我们的错，家教不严，家教不严呀。我们……你看这……"面对如此重量级的"对门"，猫死了，人家占理儿，毕竟断了一条性命。而且，这猫很金贵，听网上说还有为之披麻戴孝的呢。新薪茏想着想着脑子就断了片，不知想表达什么，老蔡啊赶紧回来呀！

"亲家姐姐唉，您啦，想多嘞！""肉夹馍"嗓子嘶哑，笑得很急促，几声咳嗽后转身，换了种更怪异却也更温和的口吻："这回哟可能要多住些日子，指不定给亲家姐添麻烦哩。俗话说：远亲不如近邻，近邻呢，就不如对门子，俺感觉跟姐姐嘞，贼投缘。"

新薪茏听着想笑却忍了又忍，什么"亲家"呀，"姐姐"呀，哪跟哪的事呀！脑袋急转弯转得有点晕。

"哥呀哥，你咋才回来呀，到现在我还缓不过神呢！"直到天黑，蔡葵秋头戴斗笠身披蓑衣，偏词漏调地哼着越剧《长坂坡》推门，两条鲫鱼甩着尾巴；薪茏边接鱼边迫不及待地把"攀亲家"的事当故事讲，还添油加醋，显得很亢奋。但蔡葵秋却听得满头雾水，但见妻子满脸喜色，也就嗯嗯啊啊打着官腔进屋。

两天后的晚饭时间，外面传来嘈嘈喵喵的抓门声，包子叫个不停。蔡葵秋刚开道门缝，狸花猫喵喵叫着挤进来，写着"女哆哆"的名片被挂在脖颈上。蔡葵秋探头探脑左瞅右瞧，敌特片看多了也入戏。

包子跟狸花猫竟如隔三秋般地亲热起来，俨然腻成夫妻，玩捉迷藏了；蔡家人盯着名片同样觉得像在玩捉迷藏。

"还是去趟吧，兴许是 SOS 呐！"蔡葵秋在随后两天里才慢慢听懂妻子关于"攀亲家"的事。因而感到事有蹊跷，路南对过说不准还真有什么麻烦呢！如此提醒令薪莞倍感不安，放下碗筷起身，从"不施闲"取件罩衣出门，忘了自己已身怀六甲。

之前去过两次，薪莞知道那院宅子呈 1-2-3 式格局，摊位占了东侧独立间，靠街门，便于人员进出流动。现主人在家，开了西门，推门入室，三间大厅灰暗无光，两孔窗纱略开，很闷气，潮气逼人。声音从中间卧室传出："是亲家姐姐吗？快进快进，俺在里屋。"

"肉夹馍"躺在榻榻米上，显然病得不轻，才过去两天呀！新薪莞很是吃惊。

"肉夹馍"拉住新薪莞的竹尖手，示意坐下，说有话跟姐讲哩，换成与身材全然不匹配的那种口吻，显然是个有故事的女人。

她说，不说怕就来不及了。这辈子满中国跑，一圈一圈地跑，每到一处住十天，所以准确点说她是只"候鸟"。而每到农历五月，"候鸟"就带着她的狸花猫迁徙到 D 城。

"候鸟"四处迁徙，攥着三十一院房产，分布在全国内陆三十一个城市，若将每个点连接起来，恰好编织成一个大大的红心。而 D 城，恰好坐落在心的尖尖上；宁夏有个点在中宁县，是重心所在位置，她的出生地。她很自豪地说，这辈子只做一件事，编织中国心，瞑目时也要选在中国的心尖尖上，她要带着自己的"中国梦"走，现在实现了，也知足了。

薪荛听着大气不敢出，心想，三十一处房产呀，那是什么概念？比港婆还港婆！同时也感动，为她为编织自己的"梦"创造奇迹而惊叹不已！

在九岁时倒出储蓄罐里的零票碎毛当垫资，然后中了次体育彩票，奖资虽不大却已膨胀了她那颗好奇的心。她自己就是在如此公平中走到今天，从楼房市场化中掏得第一桶金，然后拿这桶金滚雪球。在随后三十年里，她几乎马不停蹄地四处踩点，踩遍了祖国的大江名川。她说，老话说人到三十而立四十不惑，她却三十不惑，参透了人生。原来人这辈子，每一步都在为死后踩点，为自个生生不息地找归宿，说不定你踩过的哪个脚印，恰恰是你百年落魄的休止符。

所以，这三十一个点，每处对她来说，都可能是今生今世最终的落脚点。

她接着说，自己跑到庙里算过，这病拖不了几天，到现在差不多了。三年前患了肥胖病，医学上叫什么名她没记住，治愈率很低很低。她说想在D城走完自己这辈子，估计也就十天八天，所以哪都不想走也走不动了。

她想在此了结终身的另一个原因是，她知道新薪荛是殡仪馆的整容师，既然做了亲家，请亲家姐姐不要推辞，希望等她死后可以帮她整容，整得好看点。其实，年轻那会儿，自己还是很耐看的，起码自信心十足，敢在大街上自由自在地走，敢跑服装店大大咧咧地选时装呢。她这辈子没得罪过什么人，所以走得坦荡，走得体面，走得有自尊……

回到家已近半夜。包子睡得正香，它当然美着呢。但薪荛却半丝睡意也没有，满脑子都是路南边女人，女人的传奇故事，故事背后的宿命，想着想着流出了女人理解女人的泪水。

蔡葵秋也没入睡，半带兴奋的是因为初战告捷，刚学会钓鱼就钓到两条。他将鱼收拾妥当放入冰箱，计划着明天给薪莞或烧汤或清蒸，以后见天钓鱼，早点给娃积攒奶水。然后跑门口向路对门张望了无数次，想象着会发生什么。妻子回来后没搭理他，也没洗漱，直接上床，把男人当空气。

　　接下来几天都是这样，狸花猫带着名片上门。事已至此，蔡家就成路南边女人的寄托，她将所有事情委托给他俩办。好在，蔡家又不是头回接手这样的事。

　　请律师，公证其名下房产的委托代理。她将自己名下三十一院房产全部委托以法律形式赠予房产所在地的县市级代理，统一作为儿童福利产业，如少儿活动中心、儿童福利院、婴儿教育中心、儿童成长研究院，等等，只要是关乎少儿教育方面的都行，以非营利性运作为其唯一的前提条件，她强调如此宗旨只在于培养孩子的中国心，以实现自己的梦想。

　　然后……然后……

　　所有的"然后"都在有条不紊地进行着，所有的"进行"又都转化成生命与时间赛跑。谷腴瘦打电话说近期在搞孕妇保健ABC，也就是头胎孕妇产前培训，挪不开身，叫还蚨开车过来，要咨询要填表要找人，信息量大且杂，跑的部门更多。人拥有了5G加小车，整个世界都小啦，想跑哪跑哪，想飞哪飞哪！或电话或微信或语音或视频，把那双因抓笞帚而爬满老茧的手指变灵活了。各职能部门倡导"最多跑一次"，这样好！

　　"俺有个请求，算最后。"女嫽嫽看着绕床边站着的胡律师、蔡葵秋、新薪莞及还蚨，提出了上公墓这个至关要紧的问题，这辈子只顾着跑啊跑，死了总不能再疯，太胖，跑不动了！

　　鸥鸾殿公墓是最终敲定的。

　　本来是当事人与胡律师背过蔡葵秋以法律形式追加条款，说等她走后，将 D 城房产的若干分之一切割给蔡家，却转身说漏了嘴。蔡葵秋看着薪莞，夫妻俩齐齐摇头。蔡家有家规，受托之事既成事实，等于承诺，就是信任，信任是人格的基本属性，无须附加补偿。每每这样，他们就感觉父亲那双青光眼，打背后射过来。这样硬是对"追加"做了附加追加。

穗穗来电说，他们两天后返回，飞机依旧停靠上海国际机场，全程有安排，不需要家人去接。汉堡包三明治吃得要吐了，只想吃大爹的鸡蛋炒粉干。还蚨说，不接就不接，哥给你接风洗尘总行吧。

忙来忙去，竟忘了孩子的事，转眼三周将过，光阴熬成白开水，嚼不出啥滋味。这条报安短信，才让蔡葵秋夫妇回到了现实。

"噢，哥，还有件事呀差点忘了。"薪莞边冲澡边跟擦背的丈夫说："我也挺为难的，真的呀。"

"说吧，还是女娆娆？"蔡葵秋满脑子都是她，这个女人这几天抽走了蔡家人的魂。

"那个叫'女'什么的说了，但没直说，反正我听出意思了，她呀……意思是……反正就这意思。"薪莞说了半天也没说出个意思，吞吞吐吐。

16

其实，讲来讲去，大概意思是，想借蔡葵秋当回新郎，女姣姣这辈子没披过婚纱，更没当过新娘，这些天躺床上看着蔡葵秋跑前跑后忙里忙外，又端出埋藏心底多年的奢望。

那个晚上，整个蔡家，从大樟树到窗棂风铃，安静得出奇，偶尔能听到包子"呜呜"叫两声。蔡葵秋和薪尧没搭半句话，各自躺在床上，思考着女姣姣那层意思。

这绝非一加一等于二却偏又等于二的问题。说小点，是人之俗情，满足一个行将死去的女人那点微乎其微触手可及的宿念；说大点，又是事关父亲常挂嘴边的道德呀伦理呀人格呀，那些在哲学家那里才能弄清楚的东西。

鉴于患者身体原因，医生只能特症特办，到家行医，见天巡诊一回，但面对患者病情每况愈下也实属回天乏术。此段时间，新薪尧大部分时间都陪在女姣姣身边。这天天亮后，新薪尧做出了或许是她这辈子最难为情的决定，允许自己的老公给别人当回老公。

经过无眠而激烈的思想斗争，蔡葵秋答应了妻子的决定。其实，还是半夜时分听到父亲在耳边送他两字"去吧！"

但他忽又萌生了疑心，天下哪有老婆蛊惑老公给别人当老公的？便连吼三声"不不不"。中饭后，他想起请摄影师的事，边剔牙边拨通谷腴瘦手机，兴许吼劲过了，缓过神来了，悄悄征询扮新郎官这档事。不知从何时开始，随着手机联系越加频繁，他越来越对这位寻常令自己反感的女人，产生了某种说不清道不明的感觉，大概从"被挟持"去杭州开始吧。

令他想不到的是，谷腴瘦的态度竟与父亲的神奇般重叠：去吧！只是后缀的哈哈一笑更令蔡葵秋加重了疑惑，"死党"攒合起来，弄死你都找不到北！

但转而又笑了，不就拍张照么，没办证没亲嘴没睡觉。多少被捉奸在床头的，又能咋样？

"我说蔡哥，我敢把还蚨放你手上是相信你，你就当儿子使唤去。"谷腴瘦似乎看出些什么，补了句："这小子咋越来越像莫言笔下那个'蒋天下'，说话办事'二'得很，我说一句他顶三句五句，都是歪把子邪理。"

还蚨跟了自己几天，全然不是谷腴瘦评价的那样；相反，蔡葵秋对年轻人很有好感：老诚、稳重、机敏、勤奋，一句话，做事靠谱，满嘴大爹长大爹短成了跟屁精，既不像她贬得那样"二"也不像她损得那样"寸"。

"大爹大爹，来啦，她来啦！"还蚨满脸汗水满脸兴奋，气喘吁吁跑来，说穗穗刚下飞机，要不要去接？

蔡葵秋想想说，等她回到东站再接，估计在晚上七八点吧，就这样给她回话。蔡葵秋心想这头正忙的，一个瓣做两个用，哪能腾出手呐！然后指派他开车跑趟中医院；然后跑趟车辆租赁公司；然后跑趟殡葬用品店；再然后……

说着他将笔记本递给还蚨，上面拟好要办的事，他昨晚与阴阳师、律师、主事碰过头。

看着还蚨开车离开，蔡葵秋这头算回到自己头绪上来，按谷胰瘦提供的号码打通为薪莞她们拍制视频的那家摄影师，店面在解放街，女人出没的地方。

算是老客户，情况特殊的话好说，这样前半天来人察看环境并与当事人做必要沟通，后半天过来正式拍照，行头多，开来一辆皮卡车。

从下午两点开始，有薪莞帮衬，化妆的化妆，选婚纱的选婚纱，挂背景的挂背景，还有设计师摆姿势弄造型，一切显得那样有条不紊；为了调节主人心情及烘托现场气氛，如《婚礼进行曲》《大城小爱》等歌曲全用上了，直忙到 D 城灯火通明才算结束。

以中国地图作背景是女姣姣提出来的，根据她那三十一处宅子绘出的轨迹，豁然是个大大的"中国心"。"新娘"婚纱是临时裁剪的，头戴凤冠，依偎在"新郎"胸前，仪态儒雅，满脸幸福，而"新郎"自然被挤到边角，咋看咋像托儿。女姣姣咬唇，端详婚照，满含热泪，慢慢闭上了双眼。

"我的婚纱照？快给我，快！"女姣姣猛睁双眼，朝四周搜索，恶狼扑食般挥动双手。

"在这，在这呀！"新薪莞赶紧将淡粉色相框递过去；女姣姣如获至宝地紧紧揸在怀里，嘴唇渐渐发紫，吸气、吸气、再吸气……

"咚……""咚……""咚……"南山寺里的晚钟刚好敲过二十二下。

钟声敲醒了蔡葵秋，他忽然想起到车站接穗穗的事，早已过了时辰。他把电话打给还蚨，还蚨说，大爹放心好了，我已经把她接到我家了。穗穗说累，洗过澡，想睡会儿。知道您和姑妈在忙，就没敢吭声。

蔡葵秋由此更增加对还蚨的好感，心想这孩子，长大了！随后说，这头正在关键点，得晚些结束，等电话就是。两家相邻距两个十五分钟生活圈，解放街东头西头。

葬礼仪式一切从简，在哀乐声中出殡、下葬……

"骊书记?!"蔡葵秋看见一个极其熟悉的女人，身着素裙，站在远处。在去与不去间犹豫片刻后，基于礼貌考虑蔡葵秋还是走了过去。

"闺女，妈妈来陪你说说话吧！"骊书记微微倾身，将满捧月季放在"革命烈士骊丽之墓"前，自言自语，却又像对着来人。蔡葵秋忽然意识到自己的莽撞，知趣而悄然地侧身退后。跨进门槛就跟守在大樟树下的薪莞说，自己这辈子做了件最愚蠢、最没眼色的事。

"啊！骊丽是骊书记的女儿?!"至此，薪莞才想起，当初她在给骊丽整容时，外面停了那么多小车下来那么多人，有个上点年岁的女人，很有气质，被人簇拥着看不清面目，想必就是骊书记，失去女儿的痛苦在当时可想而知啊！

蔡葵秋自然怀抱感恩之心，感恩骊书记对自己无微不至的关心与照顾。只是，事情尚未获得证实，这事还得从令自己最惊心动魄的那一幕说起。

当年拿刀架人脖子上，哪知对方就是潜逃在外多年，仍属悬案的犯罪分子。蔡葵秋帮了警方一个大忙，本来可以获得十万元赏金，但法官给出的解释是，此行为为行为人非主观意志所为，具有极大的客观性偶然，故免于被起诉也免于被奖励。

蔡葵秋说，他自己当时真没了退路，脑子黑洞洞的，也不知哪儿来的胆量。人家说勇气是被狼逼出来的。刀架脖子？笑话，他寻常都是等鱼死了才敢动手，何况是人呢。媒体有时讲得不对，什么英雄如何机智勇敢多么无私伟岸，但他说好像自己不是那个样子。但你说不是那样，笔在人家手里，你能拦得住吗？

也就因为这事，蔡葵秋在政策范围内被破例招工成为光荣的环卫工作者。而因善得善的最大推手不是别人，正是当时在任的市环境卫生管理局骊书记，知情人事后才告诉自己。他几次想找骊书记问问却又觉得不妥。

月光照进窗户，又大又圆，轻风吹得帘子左右摆动。薪莞想起什么，忽然大叫起来："叫你提醒、叫你提醒，看又忘了呀，快接穗穗回来呀！"

穗穗出门转眼三个礼拜，你就不惦记呀，真是隔层肚皮不知疼……（蔡葵秋咳嗽两声算是提醒，怕她又扯出"不是你养的不心疼"这句话来）。回来的人说外国的月亮比中国的圆，她就不信这邪！这回穗穗兜了一大圈，眼见为实，听她说说看。

蔡葵秋把电话拨通了，却传来乱糟糟的声音，这让当姑妈的着急起来，指派把电话催到谷腴瘦那里，要求打开免提键。

"我刚冲过澡，要值班天黑才交班。噢，有点烦，人越忙越胖。噢，穗穗呀，那两娃说到UESE喝咖啡去了。挂了挂了，外卖到了。娃都十八二十的人了，怕我扣了不成？回来我让还蚨送过去好了。你们也真是！"

听着有点多心，薪莞说最近感觉腴瘦说话味道怪怪的，兴许孕妇多患敏感症，好是焦虑。

"哎，听说没，谷腴瘦说D城上高速那架'二扣四环'桥采纳了她的建议。"蔡葵秋到今天依旧对此事持怀疑态度，也就可有可无地闲聊起来，闲等也是等。

"是呀，她说过好几回，你知道不？人家还给了她好多钱呢！"薪莞确定了这事，并因此对腴瘦多了份羡慕嫉妒的心态。

17

"给了多少？"蔡葵秋急着问。

"六十万，不多不少。我见了票据，好像是哪家桥梁设计院汇的。"薪莪说话不拐弯。

"这就对了，对上嘞。"蔡葵秋说穗穗说还蚨借她那笔钱，不是压岁钱，肯定是她妈那笔奖金。

"姑妈，大爹，开门呀，我是穗穗呀！"叫门声没高考前那次急，却听得很激动，有种游子归来的感觉。奇了怪了，蔡家夫妇明明留着门，咋就闩死了？风吹的吧。

还蚨送穗穗过来，车后备厢大包小袋几大件，太有捻捻他们那回回来的感觉。还蚨说，在东嵒大酒店定过包厢，为妹妹接风洗尘。

包子不知从哪扑上来，咬住还蚨裤脚不放；穗穗笑着抱起包子，说："你这忘恩负义的家伙，也学会重男轻女，重色轻友，重……"她忽然怀疑包子是草狗，肯定是。

此时此刻，薪莪内心萌生出这样的疑虑：还蚨和穗穗，会不会在谈恋爱呀？

这个晚上，穗穗跟姑妈大爹讲了好多好多在国外的所见所闻，现说现从行囊里取出给家人给朋友同学买的小礼物，以及自己的切身感受，讲来讲去最大的感受，说到底，还是祖国好，将来毕业哪都不去，就回浙江工作，找老公就找像大爹这样的"厨房小资"，最好家也安在 D 城，陪姑妈大爹。

这话听得姑妈大爹高兴死了，竟也高兴得忘了问月亮是国外的圆还是国内的圆，直到天亮也没合眼。

穗穗出机舱就赶上滚滚热浪，电视上说欧洲热，其实也没热到这种人到家皮肤就烤出热痱子的程度。但即使这样也不好缩在空调下，马上要开学，马上得集训，听说比上高中时军训要严格正规得多。穗穗有点担心，但既然上部队，部队哪有不吃苦受累的。

据气象专家预测，如此高温将持续二十天。气温骤升且基本高挺在 40 摄氏度就没打算下来。这在本地绝对堪比百年之最，真应了老人嘴里的"母伏头，秋包伏"。

人可以在空调下躲躲，但老人或体质较弱者易患"空调病"。包括家禽牲畜在内的所有生灵抠着日子往过挺。更可怕的是，时不时传出张家金鸡暴死，李村水牛热死，就在两天前，有几则视频相继传出，说 D 城东西两站各有一辆进站停泊的公交车发生自燃，火势很猛，消防员忙过这头忙那头，所有警员取消休假，二十四小时严阵以待。

热归热，工作还得做，就在穗穗报名入学的头天傍晚，社区干部敲锣打鼓上门来，女工会主席献上大红花，说娃参军是蔡家的光荣，也是咱社区的光荣，自打对越反击过来再没有过，希望娃到部队……新薪莞迎合着连笑带点头，说"是"不是说"谢"也不是，好像参军的不是穗穗而是她自己。这样下来，胸中原本窝着的那捻捻怨气全消了。穗穗长大了，有权选择自己的前程，走就走吧。

"哎呀，哥，哥，包子死啦！"听到薪荛在院子大声疾呼，喊劈了嗓子，蔡葵秋转身颠出门外，手下是滴血的菜刀。薪荛侧身坐在地上，双手抚摸着自家柴狗。它四肢摊开，展展地躺着，舌头伸出老长老长，就像这几天惯有的样子，热死的！

蔡葵秋抬头朝大樟树看看，自言自语道："我以为有树荫遮着没事，还是经不住热呐。"

那晚，薪荛哭了，哭得好伤心，她将柴狗抱进客间砖地上，同样展展地放平；然后叫蔡葵秋取桶净水，取来毛巾香皂，她亲自给包子洗澡；随后，转身从黄花梨五斗柜抽屉里翻出黄花梨镶玉月牙梳，轻轻地，一下，两下，三下，无数次地梳理那身淡灰色软毛，那样细心，那样投入，竟忽略了身边丈夫的存在。

蔡葵秋自觉无助却又莫名生出几分赏识。他忽然意识到，妻子已经全然忘记了这是家。她似乎把这当成太平间，拿习惯性职业操守对待自己的新"客人"。

他俩对柴狗是有感情的，而且很深很深的那种。

它是两年前蔡葵秋从片区儿抱回来的。薪荛看它可怜就答应收容，匀出四个包子救其一命，顺口就这样一直叫着。柴狗遭原主人嫌弃，四处漂泊成了野狗，挨饿、受欺、病危……是蔡家让它重新获得安全感，想必也有了幸福感。

从此，包子默认了自己的宿命，忠诚地陪伴在恩人身旁，守卫着蔡家大院。

就在半年后那个晚上，薪荛跳舞回来，蔡葵秋刚刚备好洗澡水就被电话约出有事。薪荛正当澡冲过半时，门口传来"呼哧""呼哧"的撕扭声。包子汪汪乱叫，几分怪异。她穿了内衣探出门帘，差点被灯光下的一幕吓死过去。只见包子与一条沙枣木碗口粗的毒蛇缠在一起！它紧紧咬着蛇的七寸。薪荛赶紧拨打110求救，不到五分钟赶来两位年轻警官，当场将之制服。那女的指着蛇袋笑笑说，大姐，这是一条青蛇，白唇竹叶青，幸好抓得及时，再晚点溜进屋里，就危险了。说着侧身指指柴狗，补充道："幸亏有它，不过也伤得不轻，你家还有人没？得赶紧送它看兽医才是。"

离开前，那男的端详同事，再端详薪莞，忍不住说了句："丽，你瞧，我没看走眼吧，你和阿姨长得，太像亲姐妹呢！"

冲这话，她俩还留了张夜光影，男友左手抓蛇袋右手抓手机，秒拍的。

薪莞后来才知道，女警官不是别人，正是骊书记的女儿骊丽，名字漂亮，人长得更漂亮，酷像日本歌后坂井泉水，那颗梅痣点得更没的说；男警官姓呆，敢叫她"丽"说明关系非同寻常，当时他俩在热恋。

薪莞又想起为骊丽整容的事，才过去几天呀！柴狗没让蛇给毒死，却给热死了。

"这世上不讲因缘不行呀！"薪莞自言自语，看看蔡葵秋，接着说："你说灵不灵？你救了狗；后来吧，狗救了我；我呢，必须救你！这恩恩相报，环环相扣，像啥呢？"

蔡葵秋看着妻子，等下文。

"就像这款镯子，镯子对不？镯子就是因缘相扣最终扣成个完满满的圆。你说是不是这个理儿？"

蔡葵秋点点头。他其实全然明白这个理儿，人这辈子活得就像只镯子，世间万物无不被无数套因缘扣着。

第二天蔡葵秋按妻子嘱咐的那样，赶天麻麻亮上班，顺道将包子带到山上，选棵直溜点的松树埋在树下，埋深点，然后在树身上系条绸子。

在如此酷暑下，常人都难以煎熬，更何况孕妇呢。薪莞考虑向单位打休假报告，问过蔡葵秋没啥意见，打算下周往上交，干到八月底，因为几天来，从腿肚子下到两脚，青肿酸麻，只能穿大号北京布鞋。尽管对大龄孕妇的休假上面有照顾政策，但她清楚得很，请假意味着她可能要提前退休，但那样退休金就成倍地少了，她不想那样，这个家还轮不到她这样。她想在仅剩的最后三年里做些"不进太平间的事儿"，道理很简单，她实在不想拿"触摸灵魂"的双手去抱孩子。

她很矛盾。

"要不呐，我找骊书记说说看。"蔡葵秋忽然想到和蔼可亲的骊大姐。书记跟书记好搭话，再说骊书记在任时曾跟他留了话，说有啥事直接找她。

"不进太平间这事儿"到骊书记手上还真不算个事儿，几句话就成了。

新薪荛在递交报告时，馆领导直接回了话，希望能坚持到九月底，容馆里招到新手。你知道的，这职业虽冷门，可钱再多没人来噢，尤其女同志。况且，这些年去世的越来越多，你和谯师傅都快忙不过来啦！不管咋着，我们已碰过头，等你休假回来，会给予妥善安排。

领导把话都说到这份上了，新薪荛只得顶着头皮往下干。除上班外，她整天待在屋里，让空调吹又不敢过分去吹；中暑再正常不过，但又不能喝正气水，怕影响胎儿，不堪忍受也得忍，好女人是忍出来的；蔡葵秋却不忍心，帮妻子掐掐太阳穴、人中，或是揪揪后脖颈。这日子赶的，她时不时拿满是委屈和无奈的目光盯着蔡葵秋。

这还算在可忍受限度内，而气温升高带来的心理生理反应那才叫麻烦。她渐渐心烦意乱起来，不知咋的，按理说近五个月的胎位该坐稳了，可现实是，三天两头还出现妊娠反应。她脾气渐长，不是摔碟扔碗筷，就是向蔡葵秋发火。身为丈夫，蔡葵秋只得更加掏心掏肺地伺候她，内心伴随着从未有过的担心，不管在哪不管做啥都无精打采，预测着某种不好的可能会从天而降。但随着时光流逝，人也就渐渐熬皮实了。唉，兵来将挡，水来土掩。

18

妻子失眠是他最无奈的事，有时一晚上只睡两三小时，他得陪着，或倒杯开水，或敷敷前额，或捶捶浮肿的腿肚，或是，大眼对小眼就那么对到邻舍鸡叫；而到了白天，两人都迷迷糊糊，常常不知哪阵白天哪阵夜。

"我说哥，你这就不对了，从杭州回来都这么长时间，你俩咋啥都没跟我讲，还真沉得住气呀！"那天坐床头泡脚，薪荛在半迷糊半清醒状态下，突然问起这事来。

原以为事情繁多再加上酷暑，妻子会健忘的。他和谷腴瘦在从杭州返程路上就对准了口径。哪些必讲，哪些可讲可不讲，哪些打马虎眼暂且应付过去等适当时候，譬如等孩子出生后再讲也无妨。

见燮一熙这事就是个阴谋，从某种角度讲，是谷腴瘦与燮一熙合谋，背着薪荛干的。至于蔡葵秋，好听点说是代表薪荛，其实就是个垫背的。她想，"木头人"绝对觉察不到这个层面上；即便能觉察到，其出发点也是善意的。

但薪荛不"木"，她第六感官灵得很，职业敏感。她断定他俩去杭州绝非仅仅是参加个座谈会。可除此之外还会有啥名堂？

奸情？蔡葵秋没那胆。

忍归忍，女人一旦腾空大脑，心里就会来事。女人是联想动物，玩的是感性。薪尧想到自己从十八岁到三十六岁，经历虽算不上传奇但也不算浅，在杭州、在上海、在广州、在深圳，做月嫂做保姆做奶娘，做过汽车美容师，还攀上双子星大厦擦玻璃。婚姻三次变故，或因学历低，或因不能生育，或因……她恨燮一熙，恨到咬牙切齿！

她几次请人写状子，告那个狼心狗肺的燮一熙，但写了撕撕了写，最终还是撕，从炼狱爬回到人世间；又终于，在蔡葵秋这里找到了真爱。

"你到山上看看没？""再添把土行不？"薪尧几乎每顿晚饭都提这茬，她怕野猪野狗闻着腥味摸过去；松鼠呀千足蛇呀，打起洞来全不是善茬的；再说天热，尸体腐烂得快，气味窜得更快。她不忍心，当时懒了，要是买个海南黄花梨的那种木匣子装了，也就没这么多担心。包子在世时像偷鸡摸狗爬墙头这些见不得人的坏事它没少干，树敌多，怕被扒。

蔡葵秋听得有点可笑也有点心烦，但还得耐着性子拿嘴应付："好的""听见啦"。

"听见没？爬山的都说，昨早上他们撞见了白狐还是白狼？从鸥鸢殿往下走，饿得前胸贴后背。"薪尧不知听谁说的，就更加肯定，包子要遭殃。

"谣言，全是谣言！去年清明节还有人说见过野人，有鼻子有眼，踩了野人屎。后来省研究院来人在山上蹲了半个月，无人机、跟踪仪，呵，什么高科技都派上啦，结果呢？无果而归吧。"蔡葵秋只管唠叨，抹嘴收筷，破天荒发起牢骚来："微信越玩越无聊，日子过滋润了，无事生非，捕风捉雨呐。"

不过妻子的话还得听，哪怕是谎话假话鬼话。上山就上山，添土就添土，蔡葵秋对妻子应该还算实诚，至少每天在面对她的唠叨时自个可以心不虚神不飘。男人活得至少要有这点出息吧！

毕竟他负责的片区儿是沿山的，有山有水有树罩着，气温相对较低，比市内均温低五到六摄氏度。因而每天到这健身、散步、消暑、闲聊、谈情说爱的，络绎不绝，但都没蔡葵秋来得早，职业要求他必须这样。

蔡葵秋将片区儿清理干净，然后上山看包子，那条红绸带像期待他似的，飘得越加欢实。他偶尔蹲着跟土堆说上几句，借此发泄内心不快而又无法跟薪莞去讲的那种。与断断续续赶来爬山练腿脚的多是迎面熟，却没几句话投机，至多点点头。

这天打早就闷热极了，预报有暴雨，难怪成千上万只千足虫爬上路面，却不承想没爬过马路就被踩死在成千上万只脚下，又接着被成千上万只极像行军蚁的布氏游蚁搬走。蚁们阵势整齐，行动严谨，所到之处被清理得干干净净。游蚁军团排成纵列，被灌过迷魂汤似的一根筋沿路朝西，也就是朝西甄山公墓爬去，轰不散截不断打不乱。

蔡葵秋兴奋不已，不记得在五岁、还是六岁那年，也遇到过如此雷同的景状。他半猫老腰随蚁军前行，生怕惊扰或打断了如此景致。

"阿姨，您好！"一个赤露半案文身的中年大汉穿条大裤衩，跟迎面走进健身场的中年女子打着招呼，接着叔叔长阿姨短地不分年岁高下，一通乱叫，满场都是礼貌和笑声。有位高挑女人走上前嚷嚷道："巧啦，小杳，今天是你小阿姨周岁生日，得表示啦！"

文身男子赶紧跨上几步，拱拱手，从后裤兜掏出两张人民币，乐呵呵笑着说："祝小阿姨生日快乐，福如东海，寿比南山。这两张'老爷爷'是晚辈孝敬您老的，不成敬意，请笑纳哦。"

谁知"小阿姨"将钱扔到地上，转身抱住大人脖子哇哇大哭起来。

　　"你阿姨嫌少啦，再掏三张四张就不哭啦。"其他人跟着拱火似的捂嘴捧腹大笑起来。

　　"各位叔叔阿姨，行行好，我上有老下有小，全指望这几张过日子呢。"叫"小杏"的跟着半开玩笑半拱手求饶，样子很是滑稽可爱。

　　蔡葵秋也忍不住笑了起来，两眼扫过这群有点恶作剧的"中国大妈"。

　　"叔叔，您好！"叫"小杏"的侧身过来跟自己打过招呼；蔡葵秋在应声间猛然发现，眼前这位四十出头的"笑面人"，长得很是眼熟！

　　"你？"蔡葵秋热血偾张，两眼喷火，欲抄后背贴上去扣住对方脖颈，就像那年持刀自卫。等了整整十年，总算没白等！

　　"这不是咱市里的劳模蔡师傅嘛！"有位持剑着剑袍的大嫂过来，跟着向人群介绍着："蔡大哥人可好啦！前年得了咱市里的劳动模范，大红花还是骊书记亲自给戴的呢。上电视你们还记得不？你们瞧，靠山边这条马路投东投西全是他的片区儿，扫得多干净！"

　　"啊，那该多光荣啊！姐妹们，咱也和劳模合个影，沾沾光行不？"或倡议或征求，这群闲情惬意的女人们连拉带推将蔡葵秋挤在中间，叫"小杏"的摆动各种姿势横拍竖照，当即女人们抢着加"劳模"微信，加来加去自然加成了群，呼啦啦挤进来十多人。那几天有事没事翻开群聊，"劳模"偷偷端详照片里的每个女人，自言自语着："不错！真不错！"

　　直到回过神来，蔡葵秋才想起，那个人跑哪里去了？但转而又想，跑了和尚跑不了庙，只要健身场在，只要有女人来，他肯定会来。

健身场里的人们虽然踢腿的踢腿，舞剑的舞剑，摆扇的摆扇，但总觉缺点什么似的。蔡葵秋有点性急，旁敲侧击地询问"咋这几天没人来问安呢？"

原来叫"小杏"的躺在医院里，那种皮肤病，每年夏天，半边身子皮肤会很痒很痒，估计是内脏哪出了毛病，要根治很难。为了遮人耳目，才画成那样，等秋凉就好了。

"薪莞，薪莞，快过来！"蔡葵秋坐大樟树下乘凉，忽然冲屋里喊叫起来。

"劳模群"里忽然跳出一则视频，打开一看，原来是他与谷腴瘦协助拍摄并请人制作的视频，是薪莞她们跳的鬼步舞，点击量竟高达 10W+！评论框里跟着往上蹿，也有千余条，大多是说好的，说体现了"中国大妈"的精神风貌的精神状态。

他将视频放给薪莞看，谁知薪莞笑了，说瞧那小肚肚挺的，还说那天妆没化好，比起本来的自己差远了。再说，人真的老了，咋捣鼓也没了那样子。她指的是坂井泉水的韵味。

"大爹，我看看！"穗穗风风火火推门进来，抢过手机拨弄开来，边看边赞不绝口，说着比评论区留言还好听的话，忽然又大叫起来："姑妈，姑妈快来看，你可不得了了！"

群里的讨论全集中在这款鬼步舞如何被推举到省里，省里又如何将之作为全省乡村文化的精品而被选中推广，等等。

听说往上推送这事，人家骊书记也起了很大作用，骊书记退休后被聘为 D 市振兴乡村文化总顾问。人家骊书记是谁？那可是有大胸怀大气度的人呐。

"谁在嚼舌头说我坏话？"说话间门口出现了骊书记，齐肩短发，一袭土灰裙装，露膝连身，三寸低跟船鞋，满身优雅大气。

19

骊书记亲自登门，没开小车，骑电动车过来，说两家距离不太远，转转就到。还提了礼物，说早想过来，只是腾不出时间，表达感恩的事一推再推。现实颠覆了蔡葵秋的想象力。

难怪蔡家门槛今早紫气高照，喜鹊恰恰直叫呢。家人难得聚在"菩提树"下，原来在"迎佛接喜"哦！蔡葵秋内心忽然亮了盏灯，却没敢讲出来。骊书记和父亲是同志，有共同理想。

七年前碰瓷那事救了自己。那回，本来要乘飞机外出开会，在通往机场的路上，赶上你蔡葵秋碰瓷，讹了多少钱倒忘了，关键是误了登机时间。却没想到，因祸得福，那架飞机遭遇空难，想想后怕，感到自己很庆幸，想找个机会当面谢谢你这位"碰瓷人"呐。

骊书记转脸端详薪莞说，该叫你妹子才是，身子有五个月了吧？得好好保养。闺女发我看了你俩的合影，还真像！然后往屋里瞅瞅，你家这款海南黄花梨五斗橱，和我家那款，是爷爷传下的绝活，母子柜。

骊书记越说越亲，转眼蔡家攀上高枝了？不信不行。书记的话很跳跃，令蔡葵秋难以招架，只得回到"木头人"模样。

"这是外甥女吧!"骊书记转身拉拉穗穗手,左瞧右瞅,赏识不完。这令蔡家夫妇倍感不安,他俩想到骊丽,当娘的咋不伤感!

"像,真像新家人,要是你丽姐在……不说了不说了。礼轻情分重,准备了一万块。"骊书记将封口拨开举了举:"舅妈奖励给你的。听说闺女考上浙大,快报到了吧。高兴,真叫人高兴啦!为新家争光,为国家争气。嗯,好事,大好事呀!"她怕送红包太唐突直白,特补加了"奖励"二字。

"舅……舅……舅妈。"穗穗难为情的是,天上掉下个舅妈,还掉下个大红包,不知如何是好,兴奋之余脱开舅妈仍旧细腻的双手,说:"嗯,嗯,月底报到,然后,然后嘛,保留学籍,大概九月初在杭州过渡性集训;然后嘛,就分配到部队;然后嘛,就不知道啦;再然后,两年服役期满再回校读书。"

"好好,不论到哪,都要学一行爱一行,更要干好一行!为自己更为咱国家。人生处处都有坎儿,迈过去就是坦途……"骊书记听后只管点头称是,拍拍穗穗肩头。

蔡葵秋站旁边,忽然发现,这表达这情景咋看咋像自己前年上台接受骊书记发奖状塞红包时的感觉和样子。但随后补充的话就让蔡葵秋夫妇如入云里雾里,但从骊书记那满意的表情举止中还是懂了对穗穗的赞许,自然认可穗穗的决定。

本不打算说破的,可骊书记兴许对今天的认亲过程同样兴奋加激动,眼看要出门了,转身间忍不住透出另一桩事。

那款镯子进当铺第二天就被赎回来的事,正是骊书记所为。赶上骊书记上班路过,跑当铺为女儿取镯子,不经意发现刻有"新"字,款式很陈旧的镯子,认定这镯子的主人是自家人,新氏、在D城单门独户的,虽不敢确定但感觉是这样。她找姨表妹妹有些年头,于是拿取女儿镯子的钱,先赎出带"新"字的,并托当铺老板当天返还给原主人，并再三叮嘱保密，只说有人替他赎了。无应急用钱，谁家祖传舍得送当铺啊！

水老板很守信，自管还镯子，其他话只字未提。蔡葵秋心说，行啊，不愧是做生意的。

蔡家三人，目送骊书记出门，情绪依旧兴奋加激动，直至麻木，麻木到狸花猫在他们腿上蹭来蹭去也没了感觉。看着同样被托孤的猫，去年到今年，昨天到今天，大樟树下，蔡家大院，在每个人身上，甚至门头每株草，都毫无例外地发生着如此多的变故。

"这猫主人走了，'包子'也走了，挺孤单的。咱干脆照例叫它'包子'好了，免得你俩都想它。"蔡葵秋随口这样说，见薪尧和狸花猫都没啥异议，就率先喊了声"包子！"

谁知狸花猫还真的"喵喵"叫了起来。

"这够不够学费？"蔡葵秋只管盯着鼓鼓囊囊的红包问穗穗，他想转移话题。

"我填的是工科类专业，通知里写的学费是6000元；给了账号，从银行汇，就这两天。"穗穗半看红包半看姑妈，又瞥了眼大爹。

"明天抓紧去办呐，这娃，有贵人相助！"蔡葵秋看看穗穗，再瞧瞧薪尧；但薪尧心里嘟咕了句"瞧你那双夹板板眼"，提腿进屋。蚊子趁夜上来，绕耳根嗡嗡直叫，有点生烦。

穗穗睡前跟大爹说好的，明早给姑妈的早餐她准备，只要留下食谱就行，并贴着大爹耳垂说，自己好想吃碗卢大嫂馄饨，还是考上市重点高中那年，大爹犒劳过她，至今连做梦都流哈喇子。

大爹听着有点心酸，清早上片区儿前敲她窗户："窗台压了十块钱，要大碗的，加个茶叶蛋这回。"

姑妈说，那款黄裙子你穿上比我好看多啦！进城上大学，人前人后的，女孩家家总不能寒碜了自己，穿体面些。姑妈是过来人，在你这岁数上……唉！

　　每每提及"进城""这岁数"，薪莞就情不自禁地勾起自己那段酸溜溜的伤心事。只是这回，她不但伤心，更是矛盾：既想让侄女穿戴得漂漂亮亮，又怕这样过于拉风，重蹈自己旧辙。

　　但经过激烈的思想斗争，她还是拿出那款黄裙子、那双高跟鞋双手递给穗穗，叮嘱少不了三番五次，什么步子迈小点别再崴脚呀，记得穿保险裤呀（她习惯这样叫），什么站有站姿坐有坐相腿要并拢呀，别有事没事逛西湖呀，更别黏糊不三不四的陌生人呀，别再……

　　"呀，知道啦！我最亲最疼最爱的好姑妈！"穗穗满嘴腻着蜜，亲哪哪甜。

　　"噢，还有管口红，是你胰瘦阿姨送我的，没咋用过，都多少年了，不知管用不，涂淡点。"姑妈搜肠刮肚恨不得将自己的陪嫁箱底翻个底朝天："那个，钱放哪？昨晚忘了红裤头缝个兜兜。"

　　"哈哈哈哈，姑妈哟，你今天是不是想把穗穗嫁出去啊?!"穗穗忍不住笑岔了腰，肚脐眼跟着露了出来。

　　"没个正经！就放我信封包包里。还有，身份证、汇款账号，对，挂前面安全。哎，这是电动车钥匙。"见穗穗出门上车，仍不忘骑慢点小心点如此安顿，最后才进屋上床，打着呵欠补会觉。

　　今天的太阳比姑妈更亲和，才爬出地平线就暖贴自己的胸襟，让自己，一个年满十八周岁的青春少女，精神抖擞，抖擞到嘚瑟。兴奋不已，她给还蚨发条短信："女神要飞喽！"

　　到银行还早，穗穗两腿一支没下车，掏出手机，见还蚨回了短信:"深更半夜你飞哪？当心遭劫。"

真是白日说梦话，都几点了啊还睡，乌鸦嘴欠揪。

门开了，在办理柜前，穗穗钱包是空的！拉链早被退到另边！

钱包里只剩手机、唇膏、身份证、账号纸条。钱包空空，脑袋空空。她急了，哭了，不敢跟家里打电话，她只能打给还蚨:"人家被偷啦！都怨你怨你。俞人火锅店旁这家，呜呜呜……"

跌跌撞撞赶来，见穗穗脸色铁青，只剩跺脚抹眼泪，还蚨反倒笑了，说人没伤着，心没被偷就万幸，不就那点钱吗？哥先帮你垫上，先报名再报案。眼看就要开学了，再拖就别念啦！

"快点！"还蚨拉着穗穗边进银行边说:"现在趁顾客少，打完款再说吧。"

擦掉穗穗仍旧流着的泪珠，还蚨"扑哧"笑了，说没事没事，有哥在！他顺街道两头看看，说:"相信我，不出三个小时钱从哪跑掉就乖乖回到哪。"

接管此案的是呆警官，办事很干练，听同事管他叫呆组长。他直接调出沿路段的摄像头，没几分钟就锁定嫌疑人。原来在穗穗吃过馄饨，出门上车给还蚨发短消息的空档，有个中年男子擦她身边动了手脚，只因那款黄裙子太勾心，那包包太惹眼。应了那句反话，不怕贼惦记，只怕贼看见。嫌疑人从锁定到抓捕归案，正如还蚨所言，前后不到三个小时。还蚨捋捋他那款颇感自豪的"一点绿"发型，自豪加冷静，说跑这片劫财劫色的，极不专业，也不提前踩点，明明装了这么多摄像头，要么是初犯，要么智商低。

20

犯罪嫌疑人是在医院门口被逮住的，四十来岁。在局子里，他战战兢兢，鼻涕眼泪一大把，交代说，没钱交后续住院费，清早爬起来急昏了头。不知是真是假，说话间胸口隐隐露出文身。

穗穗只想拿钱走人。但还蚨说，大哥面相善，怪可怜的，属那种逼不到死胡同不会掘墙根的人，若遭起诉，真可就毁了他后半辈子；然后征得呆警官同意，抽出四千块递过去："大叔拿着，看病要紧，有家有室的；再说，你都这岁数了，别让人瞧不起对吧？"

握着钱，"大叔""扑通"跪下，不知说啥好，结结巴巴只管"我……我……"

呆警官拍拍桌子，冷冷地让中年人在笔录处签字画押，连批评带安慰，算作"结案"，整个过程咋看都像在走过场。

在回家路上，穗穗既羞愧又惭愧，出门时荡漾着的自信心随着被偷事件消失殆尽，可现在钱回来了自信心依旧荡然无存。

关键是，她觉得自己魂不附体，在心里骂自个没用，同时也骂身边比自个高半只耳朵的还蚨哥哥，撒钱显摆啊！但此刻，自己竟高他半只耳朵。噢，她被高跟鞋抬举的；还蚨穿着T恤衫热裤，说出门太急撒拖鞋赶过来。穗穗真想哭，瞬间断了回家念想。

"学费交上了，盗资回来了。哥说话从来不灵，舌头是做梦租的，梦得反着解，果真给说中啦。哥请你看电影行不？算给你压惊。噢，你回国来风没接尘没洗，这又要走，干脆，合着办了。"还蚨说自己有存款积分，看 3D 优惠，1 块钱就能看场大片。《世界上最爱我的人》刚上架，王千源知道不？虽是妈妈级演员，可表演韵味十足，耐看。你看过她主演的《追爱家族》没？我看过两遍，越看越有味。

穗穗小学时曾追过星，最勾她魂的是张国荣，追着追着差点荒了学业，想想多么滑稽可笑，甚至可悲。当时大爹总这么数落她，也这么救她，总算救活了自己。电影电视名偏要塞个"爱"呀"恋"呀"情"呀"仇"呀的噱头，后来见有这些字的就反感就恶心。

穗穗感觉外国这趟转回来有点像外星人似的，还蚨的成熟与善行令她倍感不安，又增加了几分莫名的崇拜。她知道还蚨打小就喜欢助人为乐，家里有钱却从不炫耀，不光是她，他身边的好多人都管他叫"凡尔赛"。这让他博得好大的人脉气场。

他在大学学的是建筑设计，毕业后硬生生被老妈拽了回来，在老妈身边一百个不自在，既不想当啃老族更不想当坑老族。老妈拽他回来路上答应给他跑路子，说城乡五水工程院那位叫颜雏的院长，他家孩子是她接生的，当年生二胎交不起罚款，还是自己偷偷给垫支了，从此两人交情甚好。可就在还蚨被接回家的第二天，颜院长被爆犯事，贪污受贿外加作风问题，听说主持完横瀺区地下管道改造听证会后被当场带走的。

还蚨这命也是，流年不利，厄运连连！

这事，穗穗也仅仅知道个皮毛，还蚨也只是高兴时跟她挤那么点牙膏。这反倒令穗穗觉得，还蚨哥稳重、成熟、有主见，不愧脑袋大，智商高。

从店里买了双男式运动鞋穿上，两人就这样美美地逛了一天，偶尔手牵手，看完电影吃夜宵，看着穗穗半瓶啤酒下肚，脸就红到了耳根，原来穗穗不是不胜酒力，根本就不能沾酒，皮肤过敏。看到好几个未接来电，大爹打的，估计催她回家。

"你快回吧！"老远见大爹独自杵在街门口，东张西望，显得很着急，穗穗甩开还蚨右手。穗穗整天没回家，大爹着急；还蚨整天没回家，腴瘦阿姨怕是也要急疯了。

"大爹我没事，今天碰上几个同学，就是，就是去过意大利的那些人，说以后很难聚了，就逛了逛，顺便喝了点啤酒，我就喝了那么一丁点儿，真的，不骗你大爹。别处没去，噢，还看了场电影，3D 的，他们买单……"

蔡葵秋心说我又没聋没瞎，两人鬼鬼祟祟的，只是话到嘴边就变成"姑妈等你吃饭呢"。

"穗穗呀，今天把花销跟姑妈报下，这两天没记账啦。"薪尧说着拿出个厚厚的塑料皮笔记本，翻到几乎是对半页码处，然后记下日期，抬头看着穗穗等下文。

"啊！这还要入账呐?!"穗穗张大尚有余迹的淡紫唇膏，眨扑两只白眼。她在记忆中只管花钱，哪还想到钱花哪去了，再说手头流走的，大都是小钱，至于嘛。

"不当家不知油盐柴米贵，都记了这么多年你竟不知道？是真不知道还是装糊涂？"薪尧半带生气半莫名其妙地继续道："几年书都念傻了呀。花钱的不管钱，管钱的不花钱；挣钱的不敢花，敢花的挣不来……"

"她姑妈你这是咋的了，今天说话直抓挖，左一笊篱右一瓢的。"蔡葵秋听着不舒服。噢，寻常冲自个唠叨也就算了，可当着侄女面也如此数落，念书人把书念好没错，也还轮不着她担光阴愁日子呢。噢，你劈头盖脸来这通，气跑一个也就算了，还指不定气跑俩？老毛病犯了还是咋的！

薪荛听罢将笔"啪"地甩在桌子上，朝蔡葵秋狠狠地瞪了一眼，转身拐进卧室，"呼"地关了门。

"老蔡呐老蔡，你有没有搞错呀？气跑一个或气跑俩个关你什么事，新家人有新家兜着呐。"蔡葵秋猛然从薪荛眼里读到些什么，心里跟着冷了半截。

薪荛姓新，但她是我蔡葵秋的老婆，或冷或热都与我息息相关，我得兜着。于是，他拿余光朝穗穗看了眼，却发现这孩子怯怯地看着自己，全身有点发抖，像她姑妈。

妻子老"毛病"真犯了，估计今夜又要失眠，这也是十多年来他从她身上领教来的几大"怕"；穗穗大气不敢出，盯着大爹发呆也发抖，好像天就要塌了。这些年来她只管念书，对于什么是家庭，什么是亲情，什么是生活，只存在于概念中，两回惹姑妈生气，她就战战兢兢，只怨说话行事不小心。但她根本不知道自己错在哪，只后悔这十来年陪姑妈时间太少，因而没机会触及姑妈的内心世界。但有一点是肯定的，姑妈的精神世界绝对是超过正常女人所应有的那种苦涩。此刻，她忽然萌生出对爱情的迷茫，对家庭生活的恐惧，对未来生活急于逃逸的轻狂念头。

同时，她对大爹这大半辈子为人子、为人夫、为人父甚至为这个家庭的所有付出萌生出某种神圣却又带有启蒙色彩的同情感。

从头翻到尾，像大集体年代农村会计上的流水账，连丢了5毛钱也要记录在册！穗穗内心由凝重到疑惑，渐渐变得饶有兴趣地边看边听大爹说着与记账有关的话题，好像每笔背后都能带出神奇故事或典故来。

"咱就说这5毛钱吧，"大爹手指记账簿，嘴里叼根"利群"；穗穗打火点烟，搬马扎靠过来。

"去年开春送你上学，回来路过东站，大爹那位补鞋的鸣沙老乡你还记得不？被客人骂哭了。那男的，拿缀了'中国结'的小车钥匙指着她，硬说少找他五毛零头；可这头偏说给了。"

那男的当众摊开零钱，气很足："她没带手机，我给她一张十元的，她找我四元五角。你们看，不多不少。"

"就为这五毛钱？"穗穗不屑一顾，心想自己唱着路边捡到五分钱交警察叔叔长大的，眼下谁还会为区区五毛钱较真？还老板呢，掉价啊！

"眼看围上来的人越来越多，我赶紧掏出五毛钱，说掉这了。"

"那男的接了？"

"接了呗。"

"然后呢？"

"那男的瞪了瞪我，蹬上皮鞋就走。鞋面油光发亮，比镜子还亮，能照见人。"

"然后呢？"

"哪那么多'然后'！本来就没什么'然后'。阿婆气哭了，见擦鞋的排队催促，抹把眼泪就忙活起来。"

"可你这五毛钱没法入账呀！姑妈能放过你吗？"

"我这辈子被你姑妈骂皮实了。"蔡葵秋两手一摊，嘿嘿起身。

"又背着老娘我嚼舌根呀！"姑妈穿睡袍从侧门探出头，面膜看上去很吓人，但眯人的桃花眼很大，透出好看的双眼皮，问侄女要了杯开水，边喝边说："这五毛钱不是赚回来了嘛。"

大爹嘿嘿笑着说，是赚回来了。几天前，阿婆要回鸣沙过年，说小儿子生了二胎，电话催她回去带孙子。这辈子没坐过飞机，这回享受享受。马扎就是阿婆送的，说那天收摊时发现，硬币滚马扎下了。

"快十点了，洗洗睡吧。快要离开家了，你这几天陪你姑妈睡，说说她喜欢听的，你不是去过意大利吗？多讲那边的事，她爱听。"蔡葵秋拍拍穗穗肩头，自己回房了。

清早熬了薏米红豆粥外加两枚鸡蛋，是穗穗照大爹拟的食谱做的。大爹说，他今天到片区儿，之外还有些事不能拖，迟点回来。临出门还不忘提醒她少出门多陪姑妈，上学可就没了影子，姑妈晚上两点醒五点半又睡回去，让多眯会。

穗穗脑子里又转出五毛钱的故事，她对大爹多了层理解。

21

蔡葵秋手头有两桩事要办，心想趁穗穗还没走，赶着办妥之后可以在家陪薪莞，孕期转眼五个月，行动越来越不便，后几个月估计啥事都离不开人。

心想着要办的事情，抓笤帚的手也就有点敷衍。秋分才过，落叶就絮絮叨叨无休止地下落，清理起来就显得没完没了。好在文明城市复查已过，干净与否不是笤帚说了算。没人来查，他连那些闲愁得睡不着觉的"中国大妈"也顾不上打招呼，承想着快点扫到片头。

第一件事是到儿子墓前看看。儿子的墓可以封盖竖碑，遗像是他从儿子初中毕业证上撕下的那张留着三七分头、唇角抿着微笑的半身校服照，回头交由砼工师傅。但当人家讨要孩子生辰八字时，他哑口无言。寻常只知道儿子乳名叫小器，官名叫蔡小器，其它哪还记得这样详尽？

那就是说，他从没跟小器过过生日。至于重渊给不给过，当父亲的好像没咋在意过。立在儿子墓前，蔡葵秋木头人似的久久无语，内心空虚到了极点；空虚的天空，不知何时起，跑出两行白线，自东向西，极点处便是日落处。他想那有道门，小器打那儿进天堂了。

第二件事，他得跑保险公司，领取小器的人寿保金。听说过程很复杂，其间有好多手续要办，而且，公司派人做各项调查。人死了，医院出具死亡证明还证明不了什么？死都死了还有啥好调查的？难道还要找阎王爷作证吗？

三弟夫妇的保金、母亲的保金、父亲的保金，都是这样复杂过来的，只是越办越烦琐，越办越烦心。接连三天都这样跑，跑断了腿也无济于事，真可谓瞎跑。先前都是谷腴瘦帮自个办的。她有车有脑子又会说话，轻车熟路，到哪窗口都有打招呼的，自个充其量是个跟屁虫。

"小宝马"骑到医院门口已是小半晌，蔡葵秋本想赶回家吃个早餐，肚子早在咕咕叫了，但他忽然想起，昨晚穗穗提过，好像有个"熟人"在这住院。那个"熟人"肯定是他要找的人，这样想着，就撵了车朝医院大门进去。

跑住院部乱撞，不知道病人姓名，他边比画边描述，最后忽然想起"中国大妈"们管他叫"小杳"，应该姓"萧"吧。咨询台说，他不姓"萧"，姓"肖"，"逍"字去掉走之旁。昨晚病情恶化当即转特号病房，今早已推进急救室抢救，哪阵出来谁也说不准。

蔡葵秋的心随着咨询台的描述沉重下来，他不相信也不敢相信，几天前还在片儿有说有笑，令人开心的那个文身"暖男"，只听说患有什么皮肤病，没想到竟病得这样不轻，病到危及生命。

但愿他不是十年前将三弟夫妇推向鬼门关的那位肇事者；但愿他不是逍遥法外的逃逸者；但愿他不是……

蔡葵秋总是将命题设定在否定推理上，因为他无法也不忍心将身处生命垂危的人给予犯罪认定。如若那样，他在良心上过不去，父亲那双眼睛也会从西甄山盯着自己不放。

"蔡哥，是你？你来干吗？"迎头撞上了谷腴瘦，确切地说这不叫"撞"，而是被她吸瘪了眼球。那款苏绸浅绿旗袍将她包裹得线条分明，没法挑个不是，若上回坐副驾驶室仅算是一种感觉，那么像今天这样有动态距离的视觉效应真就无话可说，因为整个大厅走廊，她就是移动的焦点；而酒杯跟踩在令人提心吊胆的大理石地板发出的"嘚嘚"声更证实了，她在刻意制造如此富有质感的视听效果；涂得欲滴还收的大红色樱唇。在嬉笑间，她说"大学同学住院，这不，周末过来看看。"

全然是此地无银三百两！

什么大学同学，分明就是那个道貌岸然，动辄背上数十万上百万赌资跑澳门，挥霍光了跑回来哭穷的承包商。蔡葵秋心想，都这岁数了，你俩凑拢好好过日子多好啊，都四五年了，还藏着掖着，不带你们这样玩的啊！

"那位女士，噢，不好意思，是谷主任啊！您⋯⋯您看您忘了戴口罩。"咨询台传来那位略显发福的返聘护士在提醒她。

谷腴瘦欠欠地照办。身为医生，她自然懂这点，但却有违常规，显然想渲染点什么。

"噢，等等呐，哥。"正当蔡葵秋满脑子进水时，打背后又追来谷腴瘦的声音："我是说，这周末，也就是明天，要来几个朋友，噢，也算不上朋友，想在俞人火锅店吃顿便饭。有人想见你俩呢，顺便认识认识。回去跟薪莪说声，中午12点正在'菊花间'包厢，她不是一直喊着要吃辣嘛。"

"可是⋯⋯"没等蔡葵秋把话说完，"旗袍"已拐向住院部那头，闪得无影无踪。这女人，连走路都这样风风火火。其实，他在"可是"后也没什么话好说，因为连他自己都不知道这个"可是"要表达怎样的意思。

他原本想要等到那个人从手术室被推出来再说离开，他想再次证实自己的判断，判断他是否就是十年前开车撞死三弟夫妇的那个逃逸者。但随着急救室内偶尔传出递刀子传剪子的极其微弱的声音，以及手术室外自始至终保持着的那种肃穆到令人窒息的气氛，蔡葵秋似乎从住院部出口听到另种声音且回旋在整个住院部长廊："哦，你还有必要这样追问下去吗？良心是讨不来的，是自发的。"

"父亲？对，是父亲！"蔡葵秋三步并作两步跑到长廊尽头，急切地向四周寻望，潜意识里，他似乎又看到父亲，一个高大而又略带残体的影子带他游动。

电话铃将他拉回到现实中。他揉揉双眼，摸摸双肩，确定自己的真实存在，然后掏出手机，显示屏上是"女巫婆"，蔡葵秋气气地按了拒听键；对方不甘心，又打过来，这回不接不行了，他重重地按了免提键。

"蔡哥呐，刚又想起件事。你知道今天是啥日子？算了，问也白问，你肯定不知道，你这爹当的也是……"这话又将蔡葵秋推到云里雾里，正当他不知所措时，那头接着传来不等他回话的声音，其实他早已习惯了对方如此强词夺理："时间到了，得给小器制碑啦！这天也正好是孩子的生辰。以往吧，我都要给孩子包红包，可今年，唉！"

"哦，哦……"蔡葵秋竟没想到，自己这个当父亲的，还没一个毫不相干的女人理得清，他又一次对儿子萌生出深深的愧疚感；他同样问自己，是不是这世上，只有你蔡葵秋不知道儿子的生辰八字？不知道儿子生日的父亲，是不是这世上最不称职的父亲？

不容多想，他赶紧跑向停车点，提车调向，朝砼工师傅家骑去。

还蚨没让赴宴，穗穗没让赴宴，谷腴瘦出于更多考虑，毕竟是大人间的事，谈生意，谈男女话题；更关键的是，来的远客就连她谷腴瘦也没见过。两孩子本就不愿跟大人凑热闹，代沟这东西，深着呢，而且过于世故不是他们这岁数该涉足的。

今天谷腴瘦为接应宾客，精心做了打扮：齐刘海搭配长直黑发，减龄到初恋感觉；墨黑蕾丝无袖提腰衫配玫红真丝阔摆裙，尽显主人张弛有度的风韵；脚蹬三寸跟系"一"字带凉鞋，步履轻柔稳健。整个人看上去甜美、风韵、亲和、有气质……

今天受邀客人并不多，统共八人，准到七人，十人包厢显得宽绰自在。来者都有"背景"的，据此，谷腴瘦排座也就更加讲究、谨慎：自南向北左右依次为，从京城来的夜老板，叼一根雪茄，面和心随，精致不滑腻；从杭州来的卓总，二八偏分，虽油头却不粉面；陪夜老板来的女助手小枭，两臂修长嫩青，敢与谷腴瘦媲美；D城当铺水老板，进门就说是央视主持人的堂兄，几天不见爬满了抬头纹；空座，预留给赶路的，说待回到；接下来是蔡葵秋夫妇，被谷腴瘦介绍成今生今世上帝遣派给自己的心腹，接着唱了句"通判乃是心腹之交，径入来同坐何妨！"连借带拿，不轻不重，真可谓把捏到位。谷腴瘦下足了功夫，昨夜翻看了《水浒全传》第三十九回，如此既巧妙地避开了"心腹"不那么耀眼的"背景墙"，彰显了大学问，还亮得一手婺剧好唱功，做得不可谓不漂亮。

"好像《论语·学而》有句话，叫'有朋自远方来，不亦乐乎？'"谷腴瘦学问越嚼越大，自我感觉良好地说："咱这天南地北聚起来不易呀，难得老友相聚咱D城。到俞人火锅为贵客接风，是夜老板的意思，他身在京城心在渝嘛。"

在座的叫"好"声、鼓掌声及欢笑声立马烘托出气氛，随火锅的蒸汽弥漫在包厢。谷腴瘦搂搂薪荛双肩接着说："正好啦，我这'心腹'身孕大喜，正念叨辛辣滋味呢。"

22

"姐姐怀的肯定是男娃。"细细脆脆的，臬助手难得插话，开口老京腔："咱妈呀，当年怀咱弟弟就特爱吃辛辣。大栅栏不是有句老话叫什么来着：'酸生囡囡辣生囝'嘛。"

谷腴瘦在完成如此精彩无瑕的引荐后，屈而不卑地浅笑点头，款款落座，正要侧身招呼服务生上茶时，手机响了。

"哦，小杳呐，车到哪了？客人就差你啦。已进服务区？知道啦，开稳点噢！"谷腴瘦挂机间扶腰翕唇，贴薪莞耳边说："我怕是腰闪啦！"

听到"小杳"二字，蔡葵秋本能地朝空座瞄了眼，心想是不是他？但他瞬间否定了自己，那小子躺在重症监护室呢。

"各位志友，这次夜某受邀来D城，是奔着缘来的。我这辈子以镯结缘，游历四方，交友无数，把玩过各色各样的镯子，虚头不少，但其理甚深。但说浅了就那么一句话，镯子这玩意，玩来玩去，不外乎传承感情，或承载某种向往呀寄许呀什么的，没有故事的镯子，不算文化，不好玩。"夜老板心直口快，三句话不离本行。

"对，我这典当行也走过不少镯子，"水老板接了话茬："我见天对着那尊雕塑琢磨，七八年了，才悟出这么点理儿，每个人其实都充当着镯子角色，在琢与被琢间转换，在聪明与愚昧间嬗变。你被对方雕琢，同样也作用于对方，终身于教化与打磨之中。"

"镯子是有灵魂的，会说话，不管爱还是恨，悲还是喜，怨还是冤。"卓总不甘示弱，补了句更深层的哲理，显然揣摩透了燮一熙的意思。

"这话倒让我想起给你们燮总修复的那款镯子，事情过去好久了，当时就像重新赋予某种神圣使命，涅槃某个栩栩如生的生命体，其背后就不单单是情感呀、故事呀、文化呀这些富有内涵的寄寓。"

"我的理解是，每个人，其实也不光指人，凡是自然界存在的，都有类似的指向，在琢与被琢间转换。'教化'的力量其实就是琢其身，磨其骨，正其心。"夜老板延伸了水老板的表述。

"好了好了，各位大柳，先管吃，回头到我那儿百花齐放，百家争鸣好了。"谷腴瘦有点急，怕薪莞耐不住，挺着身子来的。

午餐接风，无酒无歌，火辣辣六十分钟收场，毕竟"要事"在后。蔡葵秋直到离席也没见到那个"小杳"是男是女是胖是瘦。夫妻俩怀揣满腹疑虑到家，看着渐行渐远的黄包车，忽然莫名其妙起来，都2020年了，D城从哪冒出这款老古董。

"师父，您看我是谁？哈哈哈哈。""黄包车"竟哈哈大笑着拐了回来。

"祥子？你个小祥子！"透过破旧斗笠，蔡葵秋认出当年那个憨憨小子："你不是开出租了吗？这是……"

"听说没？咱文明城市不是要搞《城市印象》工程吗？我就把这老古董给翻出来了，手痒痒想过把瘾，然后捐出去，没想到赶上师父，您说巧不巧？"

他回想起十多年前的情景，分明是自己拉着黄包车，没日没夜地满D城疯跑，腿痛病应该说是在那年冬天患上的。他回味起刚才那些客人的话，句句在理，便跟着琢磨起来：一座城市，同样像一款镯子，需要每个人，像艺术大师那样，用母亲般挚爱的双手精雕细琢，年代久远了才有成色，才会沉淀出文化底蕴。他忽然想到，自己也有义务这样做，荒了几年的布艺，算不算城市印象？

蔡葵秋夫妇俩迷迷糊糊到家，谷腴瘦忙着招呼京城来的远贵客人，自然顾不上这头。自走出俞人火锅城就不知道自己咋叫的车，咋指的路，尽由"斗笠"拉到大樟树下。因为心思仍旧黏糊在谷腴瘦嘴里"有人想见你们"那句话上，及至三天后才顿悟，怕是谷腴瘦为诱他俩出来谎编的善辞，可很快又否定了自己。你直接请"死党"过来作陪不就得了，真没必要绕这么大弯子，扯上我算哪根葱？再者，世界说大不大，说小不小，可"小杏"不至于如此巧合吧？

这波人到D城，或说找谷腴瘦是冲其背后收藏的百余款镯子来的。但至少，他们有着对镯子，尤其对有些年头的成色镯子的偏好及共识。他们想以此为契机，谋划出关乎此志趣的什么会。这事没几天还真就敲定了，正名为"镯钏锡韵"，副句为"镯钏锡运"，当即镂匾揭幕，几鞭响后，直接悬挂在还麾宫桁楹上。商人办事，效率不可谓不惊人。

谷腴瘦提供场所，理所当然地成了首任秘书长兼常务理事。她自己懵怔了好些天，等醒悟过来，那些董事呀、会长呀、理事呀，全都雁归旧巢，给她留下了一个既受刺激更受打击的悬虑：那只唐初四环臂钏是赝品！首届还麾宫"镯钏锡韵恳谈会"单单对这款镇宫之宝进行专题研讨后达成了共识。共识的东西她不认可也不行，后来她取出该镯子认认真真盘算，并与老照片仔细比对，渐渐发现，其与当初老还健在时的样子的确有诸多殊异之疑。尤其，琢着婴儿生辰及姓名的符号不合刀法。

问题跟着来了，还麾宫肯定存在失窃！

这是她做梦也绝难想到的事，十足的事故，简直是宫中糗事。她手上出这事，天地不容，亡灵不饶！从此，她睡眠渐浅，渐渐患上失眠；从此，她将怀疑目光转向身边人。她知道，就还麾宫的建筑与格局而言，当初建筑设计堪称天衣无缝、独具匠心，其防盗功能还听说参照首都博物馆标准进行的，这话也太夸张了。而且功成之后，图纸被焚，无留后患，非家人或知底人根本无从入内，即便入内也无法逃离。

那么家人能是谁呢？老还？莫非老还死前调包啦？调包给前妻或是长子？或者还蚨？这儿子不会吧，还家财产早就是他的了，根本无须拿家贼作祟。

知底人？会是谁？新薪莞？蔡葵秋？捻捻？穗穗？不会吧！还是颜雏？大学同学？

她继续失眠，然后深度失眠。

最后，她想到报案。但在迈出这步前，她还想再捋捋，一旦拿起法律武器，也就失去了人情味，就意味着与世间某个人或另一个自己刀枪相向，对簿公堂！

诉书写了撕撕了写，连着好几天，她真的不忍伤害任何人，而所要伤害的，无疑是与自己有着千丝万缕联系的有情之人。从医院下班，她径直将车开到西甄山外的偏僻处，望着孤零零长满蒿草半扁半塌的坟茔，她从风声中听懂了丈夫的心思。那个晚上，她喝了半斤贺兰山干红，诸字诸句扫过近五百字的诉讼，并将之压在枕头下面。睡个好觉，星期一上班，该咋办咋办。

为养足精神，三片安眠药入腹，两瓣樱桃唇跟着渐开渐收，整个人儿渐渐进入梦乡。

梧桐树枝密密匝匝在头顶交相映衬，整个解放街高髻簇动，熙熙攘攘；无袖衫被透泄的秋光渲染得五颜六色，无数双雪白如玉的赤臂，微微摆动着走过女人街；或腕或臂在镯子装点下动感十足，妩媚极致，而其中那款四环臂钏更是成色幽静，传来极轻极低的瑟瑟声，打心里听得见，或杨贵妃或坂井泉水的影子搁自己身旁飘过，自信满满；谷腴瘦扭身抓扑，不料甩个趔趄，身子没摔倒，肘子好痛好痛……

"薪荛？薪荛。站住，站住！"谷腴瘦挣扎着从梦中醒来，肘子依旧撕心般疼痛，但意识却不忍回到现实，顽固地停留在林荫树下。她坚信，这是癌症前兆！

台风"梅花"过境后，天气格外晴好。国庆放长假又激活了人们的消费意识，外出的越来越多。但蔡葵秋只有节日当天休息，他陪薪荛到超市逛逛；妻子身孕五个多月，身子惭重，两腿见肿，换双"老北京"布鞋，可以绕家门口走走。

庇护在粗枝磊磊、黄叶茸茸的梧桐树下，老解放街显得热闹非凡，令薪荛将时光扳回到嫁到蔡家的那番情景。更是，恰在这条街中央，确切地说，就在"金华酥饼店"门口，她与谷腴瘦，那位独独走来的"城中高髻"撞了个满怀。

"快一个月没见腴瘦姐啦！"薪荛触景生情，情不自禁地自言自语，两手死死地拽着蔡葵秋右腕不松手，生怕他成了空气。

23

蔡葵秋心里清楚，呆警官昨天找过他，就还麾宫失镯之事初步与他接触，因为先作为了解而不是立案。这是谷腴瘦提出的。很明显，她实在不想将失盗之事上升到法律层面，实在不想连累更多人。一句话，她想通过内部调节私了。

呆警官提出三条证据：一是在还家地下室发现有被扔弃的"利群"牌烟蒂；二是从客厅出口台阶上掇取到数根细长灰发；三是从地下藏镯阁外密道玄关口捡到本有点发霉的小说《堂吉诃德》，封面有碳素笔落款"Xss"。而这三条证据据谷腴瘦描述，都与蔡家有关。

但对于如上取证，有待权威鉴定。呆警官悄悄说，过来讲这些全出于私情，趁刚从交警队转入侦警队且处于筹建制牌阶段，这样做违不违规管不了那么多。关键是，骊书记跟他私下通过电话。

骊书记的话，呆警官得听。他答应过未婚妻，这辈子要替她照顾好老妈。

拉着穗穗疯疯癫癫地逛到天黑进屋，还蚨就醉了，倒不是人醉，而是心醉，他为自己如愿以偿而神醉。眼前飘着黄裙子，耳

116

根敲着高跟鞋踩在 SUMMIT 瓷砖铺就的影城地面上发出极具磁性的嗒嗒声，他更为能赢得穗穗的初吻而欣喜若狂。

所谓得偿所愿，正是他不知从什么时候起萌生出的欲念。从母亲把他拽上车那刻起？不！从捡捡抢走他的恋恋那刻起？不！确切说，从他"哥俩"打小憋气开始。记得每回在水里憋气，自己都败下阵。看着比自己小三个月却高自个半头的他一次次投来在他看来绝对嘲讽的眼神，他幼小的心里便播下不快的种子，然后发芽、成长，渐渐开出愤懑的花，结成仇恨的果。

于是，他几次问老娘当年她和薪荛阿姨是否领错了襁褓，但次次被刮着鼻梁挨骂，以致如今连鼻梁也比捡捡矮半寸。而越如此，自己就越加确信如此判断。自己从没被母亲在乎过，耳廓流脓多少年也没见被带医院看过，至少没认真过。母亲身为医生，就算解释得天花乱坠也说不过去！直到老爸走了，自己才被母爱劈头盖脸洪水般碾压过来，结果被碾压出一颗扭曲的心。

试管婴儿这事，谷胰瘦打死也不会透露给还蚨，老还在世时更不会。那是他，身为男人后半辈子致命的羞辱甚至耻辱（他在谷胰瘦面前因此抬不起头直不起腰）。他们夫妇事先订过"天知地知你我知"的"阴阳契约"。

还蚨起先说，你们俩有故事瞒着儿子。后来老爸走了，还蚨的怀疑只有压在心里，孤儿寡母都相依为命了，还能咋的？但怀疑依旧是怀疑！什么逻辑，狡辩的最高境界，就是虚伪！他最信大爹这句话，并将之奉为名言。

于是，年轻人将所有不快转移到另一个方向，即对"爱情"的渴望与执着上。

你在杭州抢走了我的恋恋，我为何不能在你家门口抢走你的穗穗？妹妹变恋人，算不算邪恶？

起先他的确为抢走穗穗，使出了若干小伎俩，或叫小"阴谋"，当看到或感觉到穗穗越来越信任他，越来越用那种玫瑰红眼神瞧他时，他真的暗自叫好，那种无法名状的愉悦感止不住浸入他那颗变态的心，令他有种荣获雄狮般的资格和殊誉感。

直到当下，那款淡黄大摆裙，那双细高跟鞋，那双定格在只有情人才能读懂的玫瑰红眼神，那般柳细蛮腰，那……甚至电话里传出的那般"呜呜"哭噎声，都使他从罪恶的黑暗中渐渐走出，那样顺势自然，那样突突直跳，那样神圣伟大！

还蚨此刻开始考虑一个问题：爱情，是否是件极虚伪的人生游戏？

"起床吃饭了，宝贝儿子。"谷腴瘦将儿子揽脖颈抱起，心想都几点了还睡得死死的，要是在五年前，当娘的早骂脱臼了。

谷腴瘦自顾用过早餐开车去了医院，边换衣裙边说今天忙：上午有两个接生任务，一个不足婚龄，一个奶奶级，指名道姓冲她来；午饭吃工作餐，下午还有堂孕产培训课；之后主持业务交流沙龙，与杭州来的结对单位，当年还是她倡议联系的人，资源共享。晚饭也说不准在哪下嘴。身为科室主任，找不到替代人，眼瞅着没几年退休，院长打过几回招呼，叫她抓紧物色，可科室上下走出走进近百号穿白大褂的，她看谁都不放心，心太强。

"快走快走吧，迟了别再怨我啊！说老娘你是工作狂，你还不服，满世界打听打听，有你这么干的吗?!"

自打被老妈拽回来，还蚨凡事端着副躺平了的心态，懒得洗漱、懒得用餐、懒得出门找工作。老妈竟也不管不问，或顾不上或管不住，或喜欢儿子这样宅着。儿子打小叛逆得照样没底线，但昨晚灌了兴奋剂。他给穗穗发了条短信，不外乎睡得咋样、早饭吃过没、今天有啥安排、有点想你之类的闲言碎语，还算不上甜腻。

半小时后穗穗回信说，可能要做些准备，开学签到后还要办保籍手续，然后参加在杭州的入伍常规集训，等等，重复着他俩知道的话题。

正因为跟自己如此重复，还蚨就不能不多想，话里裹话，明明在暗示，便说这简单，哥开车送你不就得了。他有点小担心，怕老妈有想法，上回开横瀣几步远嘴皮都磨破了，何况这回跑杭州呢。但生命诚可贵，爱情价更高，他豁出去了。

还蚨把"你是我的罗加"皱巴巴地唱成"你是我的罗莉"，还拿出当初想讨好恋恋的黄花梨月牙梳，打理陈小春"一点绿"式发型，淡淡冲鼻的姜饼香气将他引向老娘的化妆品，但他不敢碰，更不敢动。

手机在餐桌响了下，估计老妈催他吃饭，天天这样，但他似乎习以为常，丝毫不烦。穗穗发来的，大意说昨晚无意间听到大爹跟姑妈说着窗帘话，最多的是关于腴瘦阿姨的，好像说被上面约谈过，好像事情比较大，听着挺吓人的。

这消息对他的打击，远远胜过恋恋当初对他的拒绝，特别"吓人"二字直接将他拍在地毯上。

五分钟后，他跳起来，想想还是直接跟老妈打电话吧，但那头是穗穗的声音，问没事吧你？

号点错了，只怨他每枚细胞都贴着"穗穗穗穗穗穗"。

老娘这辈子把命都搭在工作上的人，能出什么事呢？还蚨想啊想，想啊想，竟不知从何时起，开始关心起自己唯有的亲人。再说这几天，早出晚归的，也没见老娘有什么异常呀，该吃吃，该睡睡，该打扮打扮，昨晚还跟儿子碰过两高脚杯贺兰山干红呢。

自打宅在家里，他巴不得老娘跑单位。少了唠叨，自己成了"宫主"，天下我为尊，想咋就咋。但这天，他惶惶不可终日，好不容易挨到车库感应门开启，便从内梯直扑地下室。看着熟悉的影子软绵绵地有气无力地开门、拎包、锁车，他搀扶母亲上楼入室。不知不觉，他学会体谅母亲了。

母亲进卧室就再没出来，不像素常"检查团"（他有时这样戏称老娘的）下地下室，审这查那，生怕哪只镯子被卖被当，他看得腿肚子直打软，心里有鬼，但老娘却从没过问自己镯子造假之事。但越是这样，还蚨心里就越是没底。不过，他已设计出几种打算：回到杭州奥特城建公司，老总答应他月薪两万，供穗穗念完大学应该不成问题。

24

老还还在世时不知跟女人叮嘱过多少回，说这小子不俗，盯紧点。今天没被"检查"，还蚨反觉无聊，打开电视，锁定D市新闻，正赶上通报"颜雏受贿案"，台词统共不足二十个字，但阵仗不小，挨不到天亮全城也就沸腾了，作为D市第二起贪腐案，这足以吸引二百六十万市民的目光。还蚨平常看热闹不嫌事大，但此时此刻，他和老娘有着同样的心绪，早早关机，悄悄上床。是噩梦，总要惊身冷汗的。

还蚨毕竟年轻，经的事少，凡事想不到哪去，几分钟热劲过后也就没肝没肺；可谷腴瘦就不同了，下午刚把课上罢，院长陪两位巡视员找她谈话，还录了音频视频，话题很沉重，气氛更严肃。

问题大体如下，你是否在千禧年为颜雏同志出具过婴儿残疾虚假证明？后来，在真相被披露后，明知其行为触犯计生法，你却又极力为其掩饰？而事发后对于二胎超生处理，罚金由你主动全额代支？对于如此既有悖情理又有违法理的行为你做何解释？整个事件背后，是否存在钱权交易或利益链？由此推之，你俩是否存在某种特殊关系？据举报材料显示，你俩并非存在工作联系的客观必然性，却有十多次被记录，将公共资源擅自挪用于私人场合，表现出了极为明显的非正常性。而且，在中央八项规定出台后，仍不收手……

反正问题越说越严重。

这些问题不知是颜雏自己主动交代的？还是通过群众举报材料整理出来的？谷腴瘦清楚，约谈问题基本属实。当初新薪莞就提醒过自己几次要注意洁身自好，可自己根本听不进去，还差点闹翻了情谊，鬼迷心窍！说实在的，丈夫的死做妻子的无论如何都脱不掉干系。那些年，老还被夹在自己与颜雏之间，绿帽子扣得紧，曾气死过去好几回，加重了本要痊愈的癫痫病。换言之，与其说丈夫是病死的，倒不如说抑郁而死是导因。如若非要为自己开脱，也只能勉强说，如此因素间接加速了丈夫生命的终结。

但她至死咬定，心脏病是导致丈夫中年猝死的全部导因，医学鉴定书上白纸黑字写得很清楚，找不出半点反驳的说辞。

也因此，她从法律层面上几乎百分之百地继承了还麾宫，及珍藏其内的所有镯子，而遗书上清清楚楚地写着，全部财产中仅占百分之一是切割于儿子还蚨所有。这份由两名专业律师起草、并配以现场视频及录像录音而完成的近百页遗产分配细案听上去十分诡谲，却全然符合法定程序并具有法律效力，尽管其间曾有婆家人对此提出异议，但无半丝起诉的可能性。而最有可能或资格对此提出异议的，还蚨是唯有资格人或产权申诉人，但他始终保持沉默，或说，他干脆百分百地放弃了申诉权，尽管他在法定年龄上已拥有这样的权利。这足以令人费解。

于是，有人更加坚信，还蚨不是老还的亲骨肉，试管婴儿。

谷腴瘦被要求停职反省，其实她最需要时间在家调理静养。自打工作以来，她就像挂钟里的时针，无时不紧绷着那根发条，白天黑夜上班倒班，几乎未曾消停过。三十年，她做着自己认为最伟大的工程，争取将还麾宫里存放的近万款镯子，每款上琢上一个新生婴儿的名字及出生时辰，就说呆警官吧，刚好是1995年"建军节"那天出生，那嗓门好大，但镯子正好轮到款方解石质料的，也只能由它了；那是骊丽的；那是小器的；那是……

每每心烦意乱时，她就如数珍宝，透过放大镜，从00001号看到09998号，回忆着，品味着，感触每条生命跳动的脉搏，心中便渐渐升腾起无尽的幸福感与自豪感，进而升腾起面对生活迎接工作的力量；她更将之形象地比喻成自己的脐带，是自己生命的重新和延续。只是，近两年隐隐生出精气神明显不足的感觉，毕竟上了年岁，不服不行呀。

关于赝品的事，她交由呆警官以私人方式展开调查，这样自己可以将精力放在约谈后如何应对这件事上，她想到燮一熙。他在省里关系多，不知可否能帮上忙，但她也划了底线，至少保住省十佳医护工作者荣誉，她太在乎如此殊荣，这是她凝结于"万款镯"上唯有的精神象征，她视之为自己的命根子。

想来想去，她终于决意打电话向燮一熙求助。首先对上次该公司能派卓总专程来D城参加并对成立"镯钏锡韵恳谈会"给以鼎力支持深表谢意，七绕八弯后终于步入正题，想不到对方竟满口应承，并表示在其可操作范围内尽量周旋到位些。至于如何才算或帮到哪一步才算"到位"，谷腴瘦不便深问，反正这通电话让自己内心安稳了许多。

随后，谷腴瘦收到短信，燮一熙说上次委托她办的那件事全靠她了。

谷腴瘦这才想起人家托办的事。事情过去差不多两个月，自己忙起来竟给忘啦！电话里也就只字未提。于是，她赶紧打开地下室，直冲保险柜，小心翼翼取出那款琢有"新"字的镯子，才算仔仔细细端详起来。

　　这款镯子正是二十八年前令新薪莞伤心的那件信物。镯子破碎后，夒一熙连哄带骗地从母亲手中款款接过碎片封存起来，几年后利用到北京谈生意的机会，跑了趟什么斋找到专业师傅，请人家不管花多大代价，将碎镯复原到尽可能原始状态为目的。

　　半年后，夒一熙再次赶到北京，结果知道师傅因病去世，镯子只黏合了三分之一，因为破损程度太过严重，几乎碎成了细沫。但夒一熙是个做事认死理的男人，这性格使他成就了事业，却也因此伤害了婚姻和爱情。后来娶进门的女人，是母亲娘家的亲表妹，娘舅临终委托给他的山村表妹，没念几天书。你可以想象得出他会面对怎样的家庭局面。

　　他只好在京城接着对接此事，也正是那位师傅的关门弟子接了活，说半年后来取。

　　婚姻的不幸令夒一熙这辈子倍感沮丧，但他又得听从母亲的如此安排，仅那款镯子就被追问过好几回。他是孝子，也就这点私念。他所能做的，就是将千金女儿操心好，将来能知遇个如意女婿，也就是自己将来事业的掌门人，千秋大计孰能大意？可这人又偏偏不是别人，正是自己旧恋的亲侄，世界真的太小了。

　　表妹妻子因病在三十多岁上走的。孤独的生活令夒一熙更加寂寞，但他心里清楚得很，他心里早已被当年的"坂井泉水"占领。与其说是"占领"，倒不如说是他对自己这辈子个人情感，因软弱造成过失所要付出的终身赎罪，常常闭了眼就出现怀揣医检报告满脸可怜兮兮的那双桃花眼。他没法容进别个女人，尽管杭州女子如风如雨如浪，但他只认这一瓢。

　　所以，那款镯子就成了拯救他灵魂的救命稻草！

　　他想接近新薪莞，他想向她诉说二十多年里饱藏内心的苦楚，虽从谷腴瘦那里获得了新薪莞的手机号及微信号，但几次打去电话都被拒绝，加微信被拉黑。他知道自己伤她太狠，不会得到她的原谅。

而从谷腴瘦这头来说，事情也办得为难。直接将镯子交给薪荛吧，同样不会被接受，反会让薪荛内心产生怀疑，怀疑燮一熙的诚实度，隔着个谷腴瘦算什么？弄不好适得其反，反倒更难以继任。这正是她当初在杭州接下镯子就左右为难的根本所在。何况，中间还有个蔡葵秋，蔡葵秋像根更大的鱼梗卡她嗓子眼里。

本来嘛，燮家全资安排捻捻出国这事的确解了蔡家燃眉之急，而且还答应等孩子留学回国直接进燮氏集团。人家连孩子前途都解决了，作为姑妈大爹来说，真的无话可说，只有感恩的份。但恩从何来蔡葵秋心里清楚得很。只是看到捻捻和恋恋那样般配，全是命里钦定的那样，整个过程自然得很。自己受点委屈也就算了，更何况，孩子不是自己的，管其吃穿用度是自己的事情，至于婚姻大事，至于孩子前程，人家姑妈说了算，新家人新家做主。

这些理儿上次坐副驾驶室就叫谷腴瘦给讲得透透的，但自己遇到关键点上就转不过弯，的确转不过弯。尤其后来所发生的事更让他堂堂正正做丈夫的更转不过弯，却又不得不在转弯处装糊涂，正如当初谷腴瘦带他下"二扣四环"桥时晕车那样。

燮一熙将电话打给蔡葵秋，绕过谷腴瘦和新薪荛。男人跟男人做交易，干脆直白赤裸裸，即便肮脏到龌龊卑鄙也是彼此间的事。燮一熙说愿意拿出三百万人民币，就算美元也行，要蔡葵秋把薪荛让出来。

"'薪荛'是你叫的？你算哪根葱，你没资格！"

25

蔡葵秋骂骂咧咧着挂断电话，感受到人格从未受到如此侮辱。就是你，二十多年前背信弃义，在没有星星的夜里，把往事留给饮泪的女人。

蔡葵秋真行啊，两天前刚手机下载了《独角戏》，今天就用上了。可谁知两天后，燮一熙又追来电话，询问这头考虑得咋样？要不添到五百万，美元也行！语气那样诚恳，几乎半哭半跪求着说，这些日子自己饭不进茶不思，这是连续失眠后做出的决定，哪怕切割出对半资产也行，就算破产也愿意……

真是个恬不知耻、满嘴胡言的疯子！蔡葵秋将电话搁在片儿草坪上，任由对方说去。兴许说累了也兴许意识到没人在听，半小时后终于挂了。这回，他不但没生气，反倒有种王者归来的自豪感。

薪莞说，昨晚做了个梦，梦见那条青蛇被放回来啦，还是从门口大樟树上爬下的。听说梦见蛇生男，你知道不？但她马上意识到，这种事跟丈夫说也白说。于是她半带后悔地说等下午呆警官上班路过拦住问问，人家大学毕业，懂得多。这事若放以前，她总会跑去或至少打电话跟谷腴瘦诉说，可自从手机被禁用她俩就少了联系，可自火锅城聚餐回来已有个把月，彼此就没了来往。她问过蔡葵秋，蔡葵秋找些理由支吾过去，人家快退休了，忙着物色接班人呐，不是成立了"镯钏锡韵"嘛，这事也够她忙的，等等。

她忽然想起餐桌上那位还算漂亮的桌助理说过，酸生女辣生男，谷腴瘦邀自己就是冲着辣去的。她终于确信，自己怀的绝对是儿子，将来生下肯定和呆警官一样帅，而且也要培养他考警校、穿警服、当警官。但她转而瞅瞅蔡葵秋，忍不住叹口气，他爹那长相能咋的？时而"目"字脸，时而槟榔砖头脸，传给儿子恐怕要打折扣。她忽然理解了谷腴瘦搞试管婴儿，或从市体育中心，哪怕擦肩而过的帅哥那取枚精子。

想着想着，薪莞竟忍不住扑哧笑了，笑得连自个也莫名其妙。

听到呆警官，蔡葵秋立马想到赝品上来，两天前呆警官路过家门时还跟自己了解情况。那些"证据"能算证据吗？那款镯子走了条镯子本来的闭环路径，从还家出来到垃圾桶，然后到蔡家，再回到还家，经过几只手，明明白白，每只手都有可能是咸手，有DNA技术支撑，有什么侦不出来的？

但令蔡葵秋心里难受的是，自从"赝品"这事出来后，蔡还两家关系骤然发生了变化，薪莞与腴瘦，这对"两肋插刀"登登州的"死党"首先从谷腴瘦那头撕裂了。而这头，还有个对友谊忠诚到痴情的人蒙在鼓里！

"哥，你跟腴瘦挂个电话呀，个把月没声气，她不会忙到这程度吧！"薪莞知道"死党"这辈子都在忙，但从前再忙隔三岔五过来露个面，或至少打通电话随便寒暄几句也行。包子死了，捻捻出国了，穗穗参军了，屋里从早到晚冷清得很，好在狸花猫时不时腻过来蹭上两下，喵上两声，好在蔡葵秋从片区儿回来陪她左右。

　　　　"是谁导演这场戏 / 在这孤单角色里 / 对白总是自
　　言自语 / 对手都是回忆看不出什么结局"

　　"真好听！"薪菀对这几天蔡葵秋播放的歌很有同感，竟线
上线下地唱上了。他也是几天前受"中国大妈"影响，这几天片
上都在唱这歌跳这舞。尤其高挑大妈很热情，说许茹芸是她婆家
侄女，听者竟也认了，说她俩长得还蛮像呢。把《独角戏》下载
到手机当铃声，这样蔡葵秋边扫马路边听唱，俨然自己在演独角
戏。

　　　　"是谁导演这场戏 / 在这孤单角色里……"
　　　　"是谁导演这场戏 / 在这孤单角色里……"

　　"来电话啦！"薪菀边喊边提手机，好久没触屏，想找点感
觉："'女巫婆'是谁？"
　　"什么'导演'，什么'孤单'，你是不是也想躲我，打几次
不接？听着，下午2:56来我家，我等你！噢，记得带上旱烟
袋。"谷腴瘦声音不大，依旧那样硕气凌人。
　　"挂了？"薪菀猜出"女巫婆"就是谷腴瘦，边拿眼剐蔡葵秋
边追问，心说也不问声关乎健康的话。
　　"挂了。"没等接茬，蔡葵秋同样也挂了。2:56？又不知要整
出什么幺蛾子来。蔡家夫妇习惯了她这种做派，反倒觉得，这才
是本来的谷腴瘦。
　　午饭蔡葵秋摊了玉米饼，吃时蘸老干妈辣椒酱就大葱。这手
艺还是从谷腴瘦那学的；而谷腴瘦又说她也是从自家斜对门卖烧

饼的永康阿婆那里讨的，每次都强调偷偷学来的。

出门前薪莞说等等，她拿毛巾将快餐盒裹了递过来，说路上别耽搁，这东西就是趁热吃的，给腆瘦带几张，她哪有空摊呀。

烫烫的玉米饼到谷腆瘦嘴里已降得不冷不热，她舌根没挤出半个"谢"字，说起话来同样不冷不热："那个什么什么，镯子得给你。"

同样，这回连个"哥"字也没听见，木讷地看着谷腆瘦，蔡葵秋心里不酸不咸，涌出一股说不出的味道。他知道这镯子当初接过来就烫手，硬生生拿回来就一直存放在还家保险柜里，这样久，早没了温度。

显然谷腆瘦想跟蔡家撇清关系，镯子在还家一天，这层关系就存在一天，断不了。她铁了心；而蔡葵秋既伤心又伤肝，若新薪莞知道，伤她的绝非仅仅是心肝。骨髓移植将她俩拉近成了亲姐妹，蜜罐罐了十来年，噢，说没就没啦？电影里的歃血为盟、海誓山盟难道都是虚情假意！几天前在 UESE 咖啡馆还信誓旦旦，愿为妹妹"两肋插刀登登州"那样的话还在他耳际萦绕，至今还热乎乎呐。

谷腆瘦显然没用过餐。她将长发随意扎个马尾，没人在意了，也就顾不得或压根不想盘结"城中高髻"；还穿着睡衣，估计还没洗漱，饿极了也就不在乎眼前男人会咋想。儿子有腿，在家哪能被拴住，天亮爬起来满 D 城跑，网上投档，线下应聘，求职找工作全是背过老妈干的。

她似乎只对玉米饼感兴趣，根本腾不出嘴巴说点别的，噎得直伸脖颈。面对这样的场面，蔡葵秋显得很尴尬，想过去提壶给倒杯开水却又不敢动弹，怕弄脏刚拖过的诺贝尔瓷砖地面。谷腆瘦对两样东西过敏，其中就有牛奶，别说喝，闻闻就起鸡皮疙瘩。

可退出门槛也不行，在人屋檐下，不能不低头。再说，镯子给了自己，接下来咋办也该有个说头不是？直接交给薪莞？那不等于要她命！

他不知所措地站在玄关处，比木头还木头，直看着谷胰瘦嚼完最后一口，转身向洗漱间走去，他才意识到，人家分明想说：你走吧。

握着镯子就如捧块刚出炉的山芋，烫得蔡葵秋右手没处搁置。蹰躅在解放街上，感觉初秋的阳光温和了许多，台风过后气温不死心地回升到40摄氏度，好在两侧梧桐树郁郁葱葱，整个街面还算凉爽。高跟鞋、瑜伽裤、吊带裙、露背衫，三三两两躲这林荫步行街乘凉，这条女人街也就显得格外引人动心，带动起路边店面热闹非凡。

蔡葵秋才觉自己"误入歧途"，跑这"是非之地"。他忽然心跳加速，脸部被烧得发烫，红到了耳根。本能地，他三步并作两步蹰到路边，正好靠着金华酥饼店窗口，香味诱人扑鼻，里面正在打饼。

"刚出炉，甜的嘛每个两元，本店特制特供，赶得早不如赶得巧，容大哥尝尝？肉的嘛每个一元八角，老牌子。"像背书，年轻女子转过脸来，左颊一抹草灰，额头几丝面粉。

"我，我……甜的吧，给我包两个，不，三个，嗯，不，五个好了。"蔡葵秋犹豫着自己的犹豫。

女店主半笑半应着，头也不回地冲隔间叫唤："小杳，纸袋不够了，送过来！"

转身间蔡葵秋又折过身来，说："要不甜的两个，肉的三个，分两袋装好了。"

接过六角差价，蔡葵秋左手勒甜的，右手勒肉的，拿鼻子闻闻，满心醉意地抿笑起来，边走边念叨"左手甜右手肉，左手甜

130

右手肉，左手……"他可以如此为自己开脱，"误闯"女人街是有由头的。

"眼睛瞎了啊！往哪撞？"被几个同样过来买饼的小媳妇胡骂一通，蔡葵秋躲闪不及，跟梧桐树抱在了一起。

26

　　自从酥饼拿到家，薪茏就没停嘴，边吃边唠叨："哪根神经短路了，咋想到买这东西，十来年没吃不照样过来了呀。我早就说嘛，男人就不能装钱，有几个就嘚瑟，烧得慌。噢，女人街你也敢闯？怕是有了啥鬼心思，就你那姿势……"

　　"行了行了，有完没完呐。"蔡葵秋单怕女人又扯远了。

　　这样说着，蔡葵秋却觉着有什么不对处，但硬是想不起来，拿起围裙，向厨房走去："晚上吃啥？"语气重重的。

　　"吃吃，照你这样破费，蔡家人怕连裤子都穿不起喽！"薪茏说话不阴不阳，将最后半口酥饼塞进嘴里，连饼渣都吸个精光，抽餐巾纸时，忍不住重重地打个饱嗝。五花猪肉炒霉干菜散发出的油香，招来七八只蓝翅丽蝇。

　　那晚，薪茏起了几回夜，或喝水或蹲马桶，弄得蔡葵秋清早起来两眼涩涩的。

　　蔡葵秋上片儿去，走前在餐桌上备了早点，半杯牛奶，半截红薯是昨天剩的。他想薪茏吃不吃是一码事，备不备是另一码事。

　　经这么折腾，薪茏快到十点才起床。她起床也是被敲门声吵醒的，是个男的。

当铺店水老板过来，真可谓稀客，虽说是老交情，寻常各忙各的，极少登门。他捧着拿旧报纸包着的什么，说赶过来有事问问，说着将报纸摊开，露出一个旱烟袋！

"呀，咋在你这？俺老蔡家的，老爷子的传家宝呀。"薪莞不假思索，直接回应着，接过袋子拿嘴吹吹，似乎烟袋上积满多厚烟灰似的，最后更加肯定地说："就是它，就是它，绝对没错！色褪了，可你看这'蔡'字，还能辨得出呀。怪了，油香味这重？"

水老板说，昨晚正要打烊，有个男的，硬是掰开门缝，说有东西典当，应急用钱。接过烟袋就觉得不对劲，上回老蔡当镯子，就拿这烟袋装着。老爷子抽烟多少年，这片儿老街坊，都认得。

"付了九千，说好一万五，余头容些天再给。"水老板解释道："这不，只想拖延时间，到你这靠句实话，看咋办？"

"好的好的，还是水老板有心，惦着咱蔡家的好。镯子放这，多少钱不能欠着您，等老蔡回来跟您回话行不？"新薪莞说话很客气，语气很稳。

水老板拱手作揖，继承了水家生意人的老式做派。回店路上，他不禁回味起蔡家女张口闭口呼出的酥饼香气。

想忘都忘不掉！这不正是二十八年前娈一熙亲手戴在自己左腕上的那款镯子吗？那成色，那脉络，轻重感觉，没人比她熟悉！镯子不是摔成碎片，扫都扫不起来。可现在，完完整整地出现在毫不相干的水家当铺？对，答案肯定在那个人那里。

直等到十二点半蔡葵秋才进家门，他惊奇地发现，自己所面对的，又是似曾相识的场面：那庞桃花脸，桃花脸上闪烁对桃花眼，投来副扑朔迷离的姿神；她披款浅绿色液体般睡裙，裙带半结半就懒洋洋地垂着，端坐在还算不太大的客间餐桌旁，高髻已坍塌成万般细浪，衬做背景，像寻常吃饭那样向他努努嘴：哥，看看这——

这回不是体检报告单，而是三样东西：镯子、烟袋及皱巴巴的半张报纸。

死定喽！当蔡葵秋两眼落在镯子上时，内心锁定的所有秘密瞬间被彻底撕开。他不知如何是好，无奈之下，继续拿出死猪不怕开水烫那一招。在事实面前，招与不招都是死，但死也要死个明白，死得其所。

蔡葵秋结结巴巴，按照与谷腴瘦在高速公路上合谋的版本，七七八八编就而成。薪菀听完"故事"已入掌灯时分，她并没有像蔡葵秋想象的那样，情绪大起大落，而是静静地靠在椅子背上，嘴角撇向一边，微闭的双眼溢出两串桃花泪；蔡葵秋见此状，轻轻吐口气，内心反倒自做安慰："也倒好，这是迟早的事，纸里有火，捂是捂不住的。"

"我就纳闷了，这镯子长腿了还是长翅膀了，咋就跑那男的手上？"起身进卧室时，薪菀转过身，盯着蔡葵秋这样问道。

故事推演到这步，蔡葵秋大脑门热汗冷汗轮番出，只是收尾部分没法交代，无奈之下憋了句："可能，兴许，说不准落在酥饼店窗口了。"

对，就在那！说着转身出门，消失在夜幕中，前方的天空，隐隐传来"轰隆隆""轰隆隆"的闷雷声。

其实，找不找卖酥饼的，对薪菀来讲，几乎没有任何实质意义。镯子不管在谁手上，或通过哪路渠道，最终能完好无损地回归到自己这里，那就是万幸。自从上回恋恋来过，她就有种极为奇怪也更加矛盾的念头，重新获得那款镯子。因为是它，破碎甚至毁灭了自己的少女梦；更是它，让噩梦伴随自己这辈子难以舒缓。

据此为己有，薪菀才觉得在心理上精神上重获某种弥补，或是抚慰，甚至是平衡。

雷声提醒了蔡葵秋，他又转身回来，试了试街门，怀疑上锁不到位（最近老有这种潜意识），现在小心加上死扣，再用力推拉几下，才踏踏实实将自己几分佝偻的身子淹没在浅夜中。

从东垡仁爱医院方向的天空，滚雷闷声闷气、有气无力，夹带出宽窄不齐、根须繁多的电光，像刚拔起的巨型大樟树。

酥饼店正要关窗打烊时，蔡葵秋两手插了进来。当得知来意时，店家女说，偏偏那阵赶来买饼的挤破了头，说着无奈地摇摇头。可蔡葵秋不近人情地提出想查看探头记录，女人笑了笑，说太晚喽，再说，这事有规定，得找公安。

找公安？他就想到呆警官。今天太晚，等天亮呆警官路过时请他帮帮忙，人家不就是指尖点两下的事嘛。有个当公安的做亲戚该多方便啊！他忽然萌生念想，等孩子生下，好好培养，就让他上呆警官读的那所大学。

拿舌头舔舔被夹疼的食指无名指，蔡葵秋龇牙咧嘴，反倒觉得"十指连心"会带来另一种快感。或许，当一个人被岁月蹉跎或被生活折磨到麻木不仁时，寻求如此自虐式的刺激，如打强心针般的提神，竟能生出妙不可言的心境。

蔡葵秋想象着自己的想象，陡然变得灵光起来，就像当下。

轰隆隆……咔嚓……豌豆大的热雨跟着砸下，成排成排的梧桐树冠顶噼里啪啦；瞬间路面铺了层或淡黄或金黄的七角手掌叶；而这些落叶随后就被热风吹向路边，比笤帚扫得还干净！

而几天前比肩接踵的"高跟鞋""吊带裙""露脐衫""瑜伽裤"，此刻早已被刮得无影无踪。

咔嚓嚓——

另一道闪电划过，绕过电视塔，避过东垡仁爱医院的圆形冠顶，打在照相馆前的巨型梧桐树上，将树冠劈成两片；随着生出奇怪的"球形雷",刺眼的巨型根瘤悬挂在光叉上;那"根瘤"瞬间落地,变成一团火球,从南街口向北滚来,越滚越近,越滚越大,吓得蔡葵秋转身就跑,避过街、拐过弯,抱头趴地,蜷缩成团。

但此刻,火光背后衬出另一幅熟悉的场景:蔡家院子那棵大樟树、东西门窗、枕边狸花猫、薪莞腕上的镯子、恬静的呼噜声,一个佝偻的黑影赤裸上身挣脱自己猛扑过去……

噼里啪啦的雷阵雨,终于将他敲醒,他自言自语道:"人在临死前所见到的,莫不是今生今世最留恋最揪心的?"

雨,打在脸上,他舔舔嘴唇,清凉咸涩,或血或泪或是水。"黑影"严厉道:"老蔡,回到家就回到现实啦,你磨蹭个啥!"

蔡葵秋赶到家门口时,雷雨也累了歇住脚。

大樟树安然无恙、门窗紧闭……家中安好!苍天保佑,大地保佑呐!

而当他转身闩门时,"喵"的一声尖叫划过夜空,打斜对门刺来。漆黑不见五指,有双探照灯般的眼睛吧嗒吧嗒冲他直闪。他知道,那套宅子荒着。女娭毑走了两个来月,将唯有的狸花猫托付给蔡家,兴许是它,念惜旧主。他试着压沉声音唤着:"包子——包子——快过来!"没有回应;却从屋里传出柔柔的猫叫声,既熟悉又亲切。

只打开一条边缝,包子便"嗖"地扑进他怀里,满嘴"咕咕咕",如隔三秋般地舔起新主那撮尚未刮净的二茬胡,蔡葵秋感觉痒痒的。

受不得如此殷勤,蔡葵秋蹑手蹑脚进屋,摸黑朝卧室探去。门依旧是他出门时的样子,虚掩着,从里面传出不紧不慢、十分匀称的呼噜声,伴随着淡淡的薄荷香味。他不敢知道里面已经或正在,甚至将会发生什么,但肯定是令他担心的那种。十年夫妻,他太了解薪莞脾性,越沉稳就越可怕。今夜,他还得守在玄关处!

27

后半夜樟叶索索，外面起风了，屋内竟凉爽得有点寒意。蔡葵秋掬了掬包子，想抱团取暖，却仍挨不住瞌睡虫诱惑，眼皮直打架，渐渐潜入梦乡。远远地，有双探照灯转向自己，将他轻轻托起，移向斜对门的荒宅子，包子挣脱自己，扑了过去；那张既熟悉又陌生、胖乎乎的"西"子脸正朝自己甜笑，随着"咯咯咯"的笑声，一袭雪白婚纱向这迎来，胸前捧着他和她的双人照，相框已涂黑，新娘眼眶描得更黑，膏唇血红，滴滴答答。

"老公喔……我是你的姕姕喔……快来抱抱我喔……"被如此空灵细语呼唤着，蔡葵秋身不由己，双臂相迎。

"哐"——额头撞到门扇上，两眼直冒金星，撕心裂肺的痛直戳心底。

"又上哪去……"背后传来似乎变了调的问话，寻音过去，薪莞危坐客厅餐桌旁，直挺挺的，依旧保持天黑前的样子。

"你？你没睡呐！"蔡葵秋怔了下，半带惊吓半带木讷地反应着。

薪莞紧握那只镯子，慢慢起身，向卧室挪去，懒懒散散留了两个字："我饿。"

　　蔡葵秋被这两字捣活了，摸摸肿包，火辣辣地痛，从黄花梨五斗柜翻出紫药水，胡乱涂涂，家里没纱布，也就顾不上那么多，转身钻进厨房。他似乎适应了这种方式，只要听见"我饿"二字，不管白天黑夜，他就往厨房跑。

　　"第二次创卫大检查明天开始，我得去蹲片儿；早餐罩着，你洗把脸吃，务必补个回笼觉呐。"他不敢多说，诸字诸句经再三揣摩才留下这张字条，仅"务必"两个字，从"记得"到"必须"，再到"当紧"，最后才算敲定，他怕薪茭再次受到刺激。手指在卧室门上伸出收缩，最终还是缩回退出。虽不到六点，东方已眍白。他忍不住侧眸看向斜对门那幢荒宅子，又朝南山赶去。

　　国庆节前夕，沿路两边树杈上装饰了许多三角小红旗，迎风飘扬，陡然增加了节日气氛。蔡葵秋意识到上面选在国庆节前来督查，就更马虎不得。那些爬山的，亮嗓子的，跳健身舞的，就连哈哈笑他脑门长了猴子红屁股的，他也顾不上搭理。这段路，不敢有纰漏。

　　一个熟悉的身影从他身旁走过，两只光脚板踩在青石板上，很慢、很稳。一根扁担压在肩上吱吱作响，每攀几步，左肩换右肩，另一根竹杖在换肩或歇息时用作衬劲；两只箩筐很大，估计在为山上人家或寺庙挑运香火、食料等生活用品。挑夫将褂子垫在肩头，赤裸的背部露出半案文身，看上去很美很美。

　　顾不上搭理不等于没人搭理，就在片区儿尽头，有陌生人迎面招呼他，很艺术，递上名片，说观察他好几天了，正物色演员，其言谈举止及外在特征吸引了他，而额头那块肿伤正是作品所需要的特征。

　　蔡葵秋简直哭笑不得，这辈子夜夜做梦，噩梦多美梦少，拍电视剧？哈哈哈哈……

　　他就出演剧中老实憨厚、做事认真、无怨无悔，将全部生命

138

奉献给城市环保事业的普通工作者，真名实姓，拍摄过程不加任何雕琢粉饰。导演说，越热爱生活的才越贴近艺术。问他答应不？若答应，立马签约。

那块片儿就是拍摄场景，太现实也太方便。整个十月，忙得蔡葵秋迷迷糊糊没了感觉。

电视组给他的片酬是两万，钱多钱少无所谓，他糊里糊涂过了把演员瘾；而且，他还将那群"中国大妈"及薪荛她们的四人舞视频带进剧情中。这笔钱不算多，却让女人们同样度过了一个"红十月"。

自己上了电视，薪荛有说有笑，忍不住让蔡葵秋给穗穗打电话报喜。但那样的兴奋也仅仅持续了两三天，随后又归老样子，整天呆坐餐桌旁，攥着镯子不松手。要命的是，她很固执，执意要蔡葵秋找到那个把镯子送当铺的人。这着实令蔡葵秋很为难，找替身没问题，可要找那个人比登天还难。而每回进屋，薪荛只问他找到没有。

他只得求呆警官帮忙，后来获得大概信息，说那个人有可能住乡下，也有可能在城西郊那片儿，出现在汽车西站的频率最高，多在晚上。

经过多次观察，他终于发现了那个人，他每天乘晚九点末班车，很准时。这就好办了。跟踪别人，是没办法的办法，薪荛逼的，他顾不得想那么多！

晚饭后，他安顿薪荛冲澡洗漱，特意在床头柜上温了碗乌鸡排骨汤。薪荛说太浪费不想喝，但蔡葵秋说，补给婴儿的，得借你嘴罢了。

下弦月有点暗。出汽车西站，脚蹬"老北京"布鞋走路很轻，七拧八拐跟进一则杂院，蔡葵秋见那人开门、开灯，屋里就传出说话声。

"娘，俺回来啦……"跟着弄出些杂七杂八的声音。

蔡葵秋两眼贴近门缝，一股骚臭味直扑鼻底，眼前竟是这样的情景：那个人将老人侧身翻过，像滚树干，拿抹布将床板上大小便清理掉，再用凉水洗掉老人身上黄兮兮的沾积物，很慢很小心，生怕擦伤皮肤；待清理完这些，又换块布子蘸水给老人擦脸、拿手将顺因久卧而散披的银发，灯光打上去越加稀稀拉拉。他边弄边说："娘，饿了吧，今天呀，儿给您带来了酥饼，待会趁热吃。乖哦，脏脏弄掉就吃，香着呢。"

老人嗯嗯着伸手要抓，儿子半笑半哄着："快啦快啦，娘哦，今天呀，是您老生日还记得不？八十大寿哩，得过！"

待草草弄完，儿子将老人款款抱起，放床上坐稳，身后垫了褥子。蔡葵秋这才端详出这张面孔，不算憔悴却也蜡黄，两眼失明，却显出神采，兴许儿子回来了，兴许这天是她生日，兴许……

蔡葵秋心里涌出五味，忍不住两眼泪花，想起自己的母亲。老人在弥世之际，大都雷同了如此情景。只是，自己的母亲还能看见别离的亲人，别离的世界，还能享受较为完满的八十五岁生日，还有个做将军的老伴陪在身边。

心情非常糟糕，蔡葵秋踩着深深浅浅的步履到家。电视播完了，雪花点满屏幕跳。蔡葵秋赤脚进屋，妻子已熟睡，屋子弥漫着薄荷香；包子似乎也享受着如此醉香，呼噜呼噜竟不知来者；关闭屏幕，蔡葵秋以更轻微的动作退出，他生怕弄出半点动静。

天亮后，蔡葵秋直奔当铺，交给水老板一万五，说退还镯子的钱，镯子拿回来了，当然得把钱给人家。生意就是生意，规矩不能破。

蔡葵秋临出门时，又狠狠盯着半人高的雕塑像，看了又看，还伸手拭拭这摸摸那，若有所思地自言自语：这像琢得，这像琢得。我走啦！

水老板仍旧作揖点头，送出蔡葵秋返回店里，自顾嘟囔着：这镯子本来就归老蔡家，拿回不就完了，不起诉就算便宜那小子，咋还给倒贴上了？

葵家老底是深是浅，水老板清楚得很，知道这钱是拍电视剧挣的，还没捂热就飞了。这老蔡也真实诚，像他父亲。

提前跟舞伴约好的，晚饭后，薪莞由蔡葵秋陪着到小广场，当初的四人舞迷倒了D城，迎来不少粉丝。那段时间，她们成了广场老红人儿，大小店铺开张，总有她们的影子，大钱没有，小钱不断。但随着节目上了省台，手机被打爆，严重搅扰了她们的平静生活。现被搬上电视，不知是火是水。薪莞腆着六个月身孕，被姐妹们簇拥得里三层外三层，笑得合不拢嘴，被夸长什么脸什么唇的其实全从她们那来，蔡葵秋借来哄妻子开心。

打那后，"雪纺裙"们排班来陪薪莞。好是好，却好景不长，才排过两三轮，各自拿出雷同的理由，当奶奶带孙子迈不出门槛啊！忽遭冷落反使薪莞精神状态比先前更糟，蔡葵秋陪不是不陪也不是。陪吧，耳际整天被唠唠叨叨无凭数落，越发半痴半傻；不陪吧，他更不放心，过命老伴哪！

正在他愁肠欲断的时候，骊书记来了，她听杲警官说近几天上下班过大樟树，街门敞着没人进出，冷清得很，总感觉哪儿不对。现眼见这般景况，骊书记满眼浸泪，心疼起自家妹妹，怨蔡葵秋死木头也不打个电话吭个声。不等蔡家同意与否，拉起妹妹就走，说姐姐家就是娘家，回娘家住几天。何况，骊丽走了百日，当娘的心孤，没个伴儿，姐妹正好。

28

领导就是领导，说话做事多周全！

走出街门，薪荛说忘了戴镯子。这镯子温凉清热，戴上守胎气。蔡葵秋转身进屋，径直从黄花梨抽屉扯出旱烟袋。目送姑嫂俩，相挽相依，背影咋那么像，蔡葵秋长舒一口郁气，却也掠过一丝凉气，冷不丁跳出燮一熙拿五百万与他做交易的事。

还蚨终于进了市城乡五水工程院，靠自己对某段地下五管隧道的设计草图，其实明眼人心知肚明，他画的是从还麾宫到两公里之遥的荒宅子的地下暗道。

那则荒宅子就是女妪妪生前捐给 D 市产婴部门的专用资产，接手时就被法定注册为集体不动产。主人走了宅子空着，偶尔借来诗词曲赋等文化部门开讲座用下。但几把钥匙则在蔡葵秋处。也就是，不管谁，若进宅子，先得跟蔡葵秋打招呼。

薪荛到骊书记家住几天，蔡葵秋难得手闲心静，又想到那天打路南荒宅射来双探照灯般的夜眼，再说今晚有个沙龙，市文联主席开新书发布会，他得过去看看，顺便搞下卫生。

几天没见，四幅牌子已分挂大门两侧，竟还挂着"市民用水用电应急协调办公室"牌子，全然背离了捐者初衷，显得既严肃又杂乱。女婆婆在世时，他过去只为照顾病人，直忙到把人送走也没闲心思扫视下这幢宅子。现除了四幅牌子，里面四壁空野，那床、那像……他瞬间意识到，当初没将"结婚照"处理掉，难怪总往梦里钻。他摘下相框，却又不知如何处理。

从包里取出横幅，文联早上来人，托他挂大厅正墙，提前印好的几个正楷大字端庄秀丽。蔡葵秋半念半欣赏："市作协主席白蕖《少为车子》新书发布暨签售仪式"。盯着书名老半天，他愣是看不懂。

"有人吗？表姐夫在吗？"门外传来陌生男子几分粗犷嘶哑的叫喊声。

"在叫我吗？"蔡葵秋梗歪脑袋横出门槛，只见中年男子驻足门外，从头到脚，一袭白袍，这是大孝啊！蔡葵秋猛吃一惊，单怕对方认错自己。

"表姐夫，我从马蹄山过来。对门阿婆说见你朝这来了。"来人单膝下跪，接着说："重家亲戚都报过丧，您是最后来请的，娘姨临走前特意委嘱过，得跟你招呼声，早上出门时舅舅也这样叮嘱我。"

蔡葵秋这才明白过来，原来老岳母去世了！当即心情沉入脚底，一腔悲楚涌上心头，跟着鼻孔喷出两滴鲜血，泪水偾张，夺眶而出。

别过报丧人，蔡葵秋锁了门疾步回家。他得马上出发，赶到马蹄山。没有自驾车，现在公交车少了，每天两趟，只能乘下午那趟。而且，县城到目的地还有段山路，怎么过去还是问题。蔡葵秋也顾不上那么多，走一步看一步，俗话说得好，车到山前必有路。

坐在车上，蔡葵秋五味杂陈，有种说不出的难过。与其说难过，倒不如说凄凉。窗外秋色宜人，在他眼里却荡不起半丝兴趣。他满脑子重叠着重渊的影子，一幕幕闪过，如万朵云彩飘浮在天空。

上回应承过妻舅，说过几天去看重渊的，不知不觉竟过了这么多日子；日子缠成乱麻，捋都捋不清。自己没几天好心情，从春天到秋天，见天都是阴，见天心胸闷得慌。自从离婚，自从儿子死了，重渊过得咋样？她还能过得咋样！翻来倒去地想，真也就不敢往下想。他知道，重渊是个很守旧、很念旧情的女人，半年来，自己不敢打电话也只因内心当中的那个"怕"字。可又怕什么呢？怕重渊回来？她来了薪莞会咋想？她先前只要赌气就那句"大不了住太平间"的话，但自从握了谷腴瘦转交过来的镯子便忘了这词，或没了这念想？没这念想更可怕！女人若把某种念想压舌底正说明它更隐隐可怕！他近日越来越感到，这个家隐隐约约已处于风雨飘摇中。

这回，他不得不面对重家人，不得不直面重渊，甚至过问重渊的生活现状。老人走了，抽空了重渊的精神支柱。她的未来不是梦；若是梦，断然也是场不太好的梦。

火急火燎地赶到马蹄山已四处掌灯，本可以在日落前赶到，好趁亮为亡灵添纸敬香。

被重家人引入灵堂，扑通跪倒在岳母灵像前，蔡葵秋在凝重叩耳的哀乐渲染下，悲痛至极的情感力量决堤了他那满眶老泪，如散了架的"万款镯"，稀里哗啦倾泻而下，拦都拦不住。如此场景惹得左右陪灵者，更是哭声四起。似乎他这位远客的到来，才使整个场面推向最真悲情的高潮。好在有人拿面巾纸过来为他拭泪，才算救他退了场。

重家虽是大户人家，但就重渊这头讲，力单支薄。当初娶她时岳母就讲好的，说老头子离家早，孤女寡母这些年。小蔡呐你老大实诚，这家事门里户外你都得担待。我那二丫头后脑勺天生就有双旋，心肠冷，性子比她姐还烈，姐俩打小拧不拢，当姐的老受欺。现在好喽，老大有个好下家，剩这老二她还会折腾个啥？她爹走时她还在吃奶，让我给宠坏了。

后来，二丫头命好，嫁给了种蘑菇兼贩药材的生意人，日子过好了，跑生意越跑越远，越跑越没音信，这么多年过去了。

娶到重渊，蔡葵秋既高兴又担忧。高兴的是岳母生性善良，妻子继承了老娘善良漂亮、忍耐能干；担忧的是，妻子性格刚烈，遇事好耿耿于怀，死钻牛角尖想不开。这也造成了她后来执意带儿子离婚，但这事上好像也有其他隐情，若仅仅为了新薪莪的到来就离婚好像也说不过去，因为还有别的变通，当时蔡葵秋正在想办法，但重渊死活不等，带了儿子就走。

尽管上面有规定，婚事缓办丧事简办，但山里讲究多，又是大族人家，再简的丧事也有几分烦琐。三天时间，重渊她舅舅主事，蔡葵秋女婿当儿子使，重孝负身，跪了起、起了跪，忙前后忙昏了头，直到死者入土为安，他才舒了口气，这才想起重渊，治丧三天竟也没顾上看她一眼。

送走岳母自己几乎累倒了，坐下起不来，起来坐不下，咬在牙上，痛在心上。但他还得硬着头皮，敲敲腿，揉揉关节接着忙。他得给重家撑场面啊！

终究还是重渊找到自己，在吃饭桌上，坐他对门，那个既熟悉又陌生的娇小身影。熟悉的是那双田宅宫眼，呆滞中多了几分凄凉；陌生的是，满头银发从中缝朝两边漫过，避开刘海遮蔽了眼侧深深的鱼尾纹。他宁愿相信如此憔悴只因失亲所致的暂时状态，随着时间推移会慢慢恢复元气。

蔡葵秋低头扒两口米饭，他的确很饿，三天来没正点吃一顿饱饭，懒得目视左右。都是重家左亲右邻，只吃饭不干活，一双双贪食的眼睛满餐桌扫射，筷子跟着眼神跑，他们才不管身旁是否坐着一对曾经恩爱和睦的两口子呢。碗里忽然被悄无声息地放了块好大的红烧肉，浓香扑鼻，筷子跟着抽回对面。

十年没吃红烧肉了，重渊的拿手菜，那些年也只赶在年关她舅舅下山来才能打打牙祭。

她舅舅进城多半是受老娘委托看重渊的，回回手不空，勒条猪肉上门。最开心的是小器，小手勾着舅爷爷，小腿盘着舅爷爷，小嘴喊着舅爷爷，不让走。

"表姐夫，舅舅请你吃完过去趟。"蔡葵秋感觉有人拍了拍自己右肩，还是那个上门报丧的重家亲戚。

妻舅盘坐在炕上，左肘搁短脚四方竹桌上，桌面空荡荡的。老人朝蔡葵秋努努嘴，示意他坐对门。但蔡葵秋盘不来腿，腿痛病这几天重得厉害，说侧坐炕沿好了。他猜这是要商谈重家后事吧。但重家后事不可能只在他俩之间进行，二丫头两口子自始至终没露面，何况自己与重家现没任何瓜葛呐。

"爨家那小子不是好怂！"妻舅虽然年近九旬，但精神尚好，思维敏捷，说话有底气，搁了烟锅开口骂人："生意好端端的不做，偏偏领了老婆贩白粉，前几年有人说在勐休见过。好些年没回村子，唉，估计不在了。"

蔡葵秋知道，老人在说二丫头两口子，"爨家那小子"指爨琴同屋堂兄，虽跟自己是连襟，却彼此没打几回照面。攀上穷亲戚，谁会拿正眼瞧你。

29

老人接着说，你跟重渊其实是亲表兄妹，你俩成亲几年后才知道这层关系。大概在1940年吧，日本人已撵到浙中，到处抓民工，抓了就押上马莲峰修炮台。那天我爹带了我幺妹下地挖红薯，幺妹这么高也就三岁。日本人扑来就抓，大人被带走了，孩子吓跑了。打那后再没找到幺妹，我爹也没回来。

老人填了锅烟丝，点着咂了口，呼口气接着说，多少年后才知是爨家收留了幺妹，成年后顺手当了本家媳妇。这事十年前才告诉重渊的。重渊跟你离婚这事跟我们说过，我妹跟我当时坚决反对，好端端的几家人，彼此走动多好嘛，可她性子犟好话不入耳，说老娘这辈子不易，老也老了不忍再孤寡；再说，亲表兄妹挤一个被窝，不知道也就过了，可知道了还咋个过嘛。

听到这，蔡葵秋终于明白重渊离婚的深层原委，心里总在埋怨，她只不过不想为自己接纳新家两娃遭罪受气。但事搁当年，他蔡葵秋也着实没法子，要不是薪荛及时赶来，精打细算、事无巨细地操持蔡家，可能早散了架子，十多年啊！尽管他知道，天底下即便有再难的事，总还有办法解决，不是说关了这扇窗会开另扇窗嘛。另扇窗在哪？他撞了十年，全是墙。

　　我么妹命苦，可她这老大命也苦。老人接着说，小器的死对她打击太大。你想想，她那性子像块钢，宁折不弯，受不住就要出乱子。有阵子嚷嚷着要到坟上看儿子，拖来拖去再拖也不是个办法，还是怕当娘的受刺激，就请了爨家侄子，哦，就是报丧的那个，开车去了趟，结果碰上雷阵雨，劈头盖脸的，到家又给激出场病，睡了好些天，不吃不喝。她娘连愁带伤心，睡倒没几天就走了。请你过来劝劝，你没来。唉，也倒是，娃死了，你俩断了念想。看她总病病恹恹的，缺元气。

　　"表姐夫，表姐姐叫你过去趟，在三硼泉那。"慌慌跑进来的还是他。蔡葵秋已对他有些好感，或说涌出些感激之情。

　　"噢，爨琴，先带你表姐夫过去吧。"老人看看蔡葵秋，跟着吩嘱道。从老人口中，蔡葵秋才知道，打过几回照面的络腮胡男子竟然有个女人名。

　　"晚上就住我家，东西间的炕都闲半年了。他们跑城里买楼房住，我守老房子踏实。窖里有坛十年陈酒，咱爷俩喝几盅。"老人说话间伸腿下地，打背后追了句："哦，爨琴陪你表姐夫过来，还有点闲事！记得跟你家凤花招呼声，睡觉就别等了，把门闩死。"

　　"知道嘞。"爨琴利索地回过话，边扯蔡葵秋出门边悄悄说："老爷子那坛酒藏了好些年，舍不得开瓶，说等贵人过来喝，表姐夫赶上了。哦，把孝袍脱了给我。"

　　"差点给忘了，老娘老爹走时也这样。死者入土为安，生者得活。"蔡葵秋边脱边自言自语着，幡然参透了人生似的。

　　"生就是死，死就是生，生死相依呐。"蔡葵秋顺指路边行将枯败的黄蒿，讲着连自己也勉为其难的道理。不过生包含在死里；死同样包含在生里，这个理他还是弄懂了。

　　爨琴半悟半懵地说："那我表姐姐说小器死了她活着，就是轮回；现在我娘姨死了她还活着也叫轮回呢。生她的和她生的，轮来转去就这么往下轮吗？"

蔡葵秋似乎将自己的答案折叠在孝袍里递过去；爨琴边接孝袍边自管说："我表姐姐可苦了，小器死了她差点疯掉呢，整天神神道道在村子转悠，喊着娃的名字。"

蔡葵秋下嘴唇咬出了血丝，半听半低声补了句"我们不也正向死而生呐"的话，因为他意料到重渊走到今天是注定的结果，尽管他不愿看到或宁愿是偶然发生的；爨琴右臂勾搭在蔡葵秋左肩上，继续吐完憋在心里的话："我娘姨这一走，我表姐姐孤孤的呢，想了小的想老的，哎……"

"让涅槃涅槃着自己的涅槃吧！"蔡葵秋无奈地冒出这句两人都听不懂的话，哑然苦笑着往前走。大约两百米远处半坡上侧阳静立着披麻戴孝的女人，在晚霞映衬下像座刚完工的白色沙雕，娇小羸弱，经不起秋风凉雨。

蔡葵秋太熟悉这镜头了，他与重渊的初恋就被拽到这，当时他还问"三硐泉"啥意思呐。

站在这个位置和角度，蔡葵秋不知道自己是否就是秋风凉雨，或还配做秋风凉雨，对重渊来说算是二次欣赏还是二次伤害？于是，他怀疑着自己的怀疑，担心着对方的担心，向前迈出的每寸每尺都成了洗刷对方脆弱灵魂的冲击波。而这一刻，他全然忘了自己是被对方抛弃了的一根蒿草，想要急切地想冲上去，拥抱另一株滚风草，好好对她说声"对不起"！

——但这三个字好像不由自己承担，同样也不该对方承担。或结婚或离婚都有着各自的理由：避忌近亲照顾病母，她没错；我已接受托孤，我无力为前妻，就像今天同样无力为后妻，提供别说小康，连起码的生活保障都实难达到，可这是我的错吗？不偷不抢，我错在哪？

"影子"转身朝自己走来。由于沙坡打斜，"影子"歪歪扭扭，逼着这头有了担心，急急地迎上去，正俟抓住对方，"影子"慢慢而又软软地瘫在地面上，整个身子截进蒿窝里。

重渊昏过去没了知觉；蔡葵秋抱起女人边掐鬼宫边放声疾呼："爨琴，快帮把手！你跑哪了呐？"

整个山径只有干燥的风在吹，只有山间的残阳余晖作陪。蔡葵秋急急地抱起重渊，跌跌撞撞跑出三硐泉；这期间，爨琴只想借空先回去处理孝袍，听见呼救声便匆匆赶来，他年轻体壮，背起表姐姐直奔镇卫生院，好在迎面过来辆电动车帮忙。

值班医生说，经初步诊断，病人身体虚弱，再加上营养不良及精神长期抑郁，积劳成疾导致了病理综合征，但具体情况不好说，建议天亮后送县医院或正规医院做个综合检查才能确诊。

蔡葵秋捏一阵捶一阵自己的膝盖，对周围人说回去吧，自己守着踏实，委咐爨琴天亮弄辆车来，得送县城，不行得送金华，还有筹钱的事……

蔡葵秋知道，就重渊这病情，三两天离不开人。而重渊家又没其他至亲，当下只有自己靠得住。等闲人离开后，他得跟家人招呼声，出来三天，忙了这头忘那头。电话只能打给骊书记，说有事不在 D 城，薪莩就托姐姐照料几天；月份大了脚有点水肿，晚上给泡下；早餐给熬薏米红豆粥什么的。他第一次叫骊书记"姐姐"就指派上了，咋听咋功利。至于理由嘛，他不善也不敢扯谎，但又不好明说，含糊其词地应付过去。

他实在太累了，累成一摊烂泥，和衣靠在病床边，不久便迷迷糊糊打起呼噜来。半夜起风，微弱的呻吟从半坡传来："镯子，还我镯子……"

蔡葵秋伸出右臂，越伸越长，越伸越长，使出浑身解数终于抓住女人左手。

他挣醒了，两只有温度的手，不知何时已扣成个死结，掰都掰不开。蔡葵秋盯着重渊左腕，空空荡荡的。

在医院观察了整整四天，重渊还是被转院到金华。岳母理丧花尽了老人枕下积蓄，现在花在重渊身上的医疗费，全由她舅舅拿自己的棺材钱应急。再继续住下去，恐怕还得筹钱，他得征询医生意见，可否少住些日子。

爨琴送午饭过来，舅老爷派他来的，说着掏出个纸包，里面有四万五，村民捐了四万，村委会垫了五千。四万算大伙的心意，五千赶年底还来就行。村主任说，利息就算了，但集体的钱，得过账。

蔡葵秋捧着纸包，侧视半透明吊袋浅紫色药液，似乎正滴滴答答浸入他自己体内，越凉越清醒：所有的钱都得还，或本或息，分分厘厘拖不得欠不得，欠钱欠人情，私情公情都是情。更何况，年近九旬的老人掏腰包，村里人拿唾沫星子淹死他蔡葵秋千万次也不为过。

他数出一万给爨琴，说回村后赶着给舅舅，这是命钱，使不得。余下的待会儿上班，款款交给医院，不够再想办法，并托他谢谢村主任和乡亲们。有这笔钱垫底，蔡葵秋心中自然有底，即使费用不够，他可以跟当铺水老板张口，他曾留过话，毕竟几代交集。

"还没醒呢？该服药啦。"大城市就是大城市，连护士说话都这甜，语气糯糯的。蔡葵秋赶紧推醒重渊，寻杯倒水，竟不小心溅天使白大褂上，招来一通白眼。

30

　　蔡葵秋三心二意地待到周末。三天来，他拿出初恋时的样子，迎合并哄夸重渊开心；他谨慎地观察到，重渊并不像爨琴描述的那样神神道道疯疯癫癫，而是见天诉说着痴情话，动不动提醒他把镯子拿来，要像当初那样戴回自己腕上。

　　但他也不否认，薪尧离开自己七八天，尽管有人陪护，毕竟她是蔡家女人，自己照顾惯了，转眼快七个月身孕，听说也是高危期，那回电话里不是说流了点血吗？咋能让人放心呐。所以他身在曹营心在汉。

　　经旁人提醒，他向院方求助，说明实情，取得同意，然后回到病房跟重渊七哄八诓，说医院有安排，有阳光病房，有护工过来接替自己，都是大专院校出来的，很专业，等等。这样周一早上，他就可以抽身回 D 城几天。重渊轻信他的关键不在这，她指望着他回去取那款刻着"重"字的镯子，她天天盯着自己左手，回味戴镯子的感觉。

　　坐着来时的公交车回 D 城，蔡葵秋本该有种自我解脱的轻松感，本该借此欣赏下窗外迷人的秋景，但是却复制了几天前出门时的样子，对"美好"二字麻木到极点。前天谯师傅不知从哪弄到自己的手机号，悄悄打电话说，殡仪馆现在火得很，招进来两研究生两大学生，经严格考核筛选，托他给带到年底。他被要求退下来，整了二十多年死人，四十五岁刚过，没别的手艺，只能打杂。

这话听着有外音，当初馆领导信誓旦旦对新薪荛说过的话，很可能要化成泡影。生完孩子，薪荛还能回到殡仪馆吗？同样，她也没别的手艺，只能提前退休。对别的女人来说，退休兴许是好事；但她薪荛，未必是，从当初火急火燎进殡仪馆以及两月前打孕产报告就能看出来，她很珍爱这份工作。

汽车出山隘向西就拐向自己的片儿，他远远看见骊书记站在垃圾桶旁，两手叉腰休息，依旧保持做报告时的风度。自己离开D市这些天，她老人家辛苦啦。他想直接回家把屋子收拾下，再接薪荛不迟。她的洁癖是出了名的。

打开街门就被吓个半死，仍旧是那条竹叶青蛇，正倒挂在大樟树上朝自己吐信子，好像早就知道他会回来。如此恶搞已是第三次了，幸亏薪荛没在家！蔡葵秋赶紧退守门外，拨通呆警官电话求助。

呆警官猜测，可能树心有蛇窝，看这樟树有些年头，抽空从杭州请个专家来估算下。

蔡葵秋正要进屋，呆警官又折过来悄悄说，谷腴瘦请他勘察的那三个证据，他反复比对过，每回都无法自圆其说，说服力不够。说那根长发吧，DNA出来跟薪荛阿姨不符，就算是薪荛阿姨的，又能说明什么？这风风势势的年代，谁家屋里没几根长发？女人家是这样；没女人的家，照例。拿不出实打实的证据就无法立案，所以，这事还得看失主的最终态度，顺嘴跟大叔您透个底。

听完这话，蔡葵秋长吁一口气，边进屋边自言自语："本来就没事嘛，俗话咋说的？身正不怕影子歪。"

刚开门便罩来满头蜘蛛网。一只大腹蜘蛛猝不及防，吓得躲进门扇背后；其实，蔡葵秋同样猝不及防，只是到家了，他全无提防之心。

"等不到天黑呐，这小子！"知道这种蛛生无恶意死无毒性，蔡葵秋自然视之为善客，来便是来，去便是去，随它进出自由；但薪荛很害怕，或许蛛也通人性，只要嗅到女人气味，便躲在某个角落自生自灭着。这九天，它在如此王国编织梦想，不承想被主人给破灭了。

先进厨房，这是"厨房小资"的本能，把十平方米空间瞅个遍，似对久违的挚友，摸哪哪亲切。打开酱油柜，他从顶里头取出纸包，小心小心再小心。这镯子可被穗穗摔伤过呐，躺这闲等自己主人竟也有十来年，该有结果了。

他跑到黄花梨五斗柜翻出烟袋，犹豫片刻，那只镯子薪荛戴走了，这只，该不该放进去？但想到重渊那双渴望甜腻的眼神，及千万次梦幻般的呻吟，他无法拒绝呐！他终于收束烟袋扣，将之藏进油盐酱醋堆里，可想想又拿出来，放五斗柜，取时方便。

穗穗房间有爪哇声？蔡葵秋立刻警觉起来，莫非侄女回来了？不可能！部队有铁律，两年不能探亲；再说想探亲也得跟家里招呼声，绝对不可能！

开门间，随着"喵"声尖叫，包子蹿到蔡葵秋肩头，东抓西咬。猫在遭惊吓时以此方式捍卫自身，本能使然，与蜘蛛通过逃逸达到自身捍卫有着异曲同工的求生目的。他想到十年前那位肇事逃逸者，轻轻叹口气。

摸摸略感挠痛的面颊，他将包子轻轻放在床上，忽然想起，出门时竟忘了给猫粮，可它从哪钻进来的？自从穗穗出门，后窗就封了；噢，猫有九命，但也不可能不吃不喝挨过九天呐！

154

穗穗床上乱七八糟，被子床单，被包子撕成零片，所能辨认出的好像是幅画，躺在墙拐角，画上半侧身青年男子，眉清目秀，外国人，落款处写着"安托万·德·戈涅肖像"。

自从安顿穗穗搬进来，十年时间蔡葵秋从没进来过。薪莞警告过，这是禁区，禁男不禁女，其实连姑妈她本人，也稀见跨进半步。穗穗说过，非经本姑娘允许，任何人不得越雷池半步。为这，还曾跟姑妈怄过气，只为见屋子零乱，姑妈想进去拾掇拾掇。打那后，这"雷池"谁也不敢越过。噢，穗穗自己倒领进过三四个闺蜜，说是校花；噢，前不久带还蚨来过，说是校草。薪莞心想，这姿相也算校草？正因此，蔡葵秋夫妇敢断言，他俩关系让人不放心。但包子有包天的胆，不但敢闯，还闯出天祸来！

蔡葵秋将包子轰出来的瞬间，脑海里忽然跳出杲警官严肃而又轻描淡写的声音："这事还得看失主的最终态度。"他下午说这话什么意思？是想提醒自己，还是……

谷腴瘦是什么人？她会有什么态度？好像认准的事从不改变，处理有些事比薪莞还执着，执着到固执，到倔强。

所以，指望谷腴瘦回心转意，收回上诉，估计没门。可回头又想，心中没鬼何所惧？她不怕累，别人还嫌累呢。

备好洗澡水得接薪莞回来。出门带锁，蔡葵秋打电话给骊书记，说自己回来啦，想接薪莞，请她发个定位。

"还发定位啦？笑话，D城巴掌大，人口就这点，想找还找不到吗？"电话那头几分拿把，咋听咋不对官腔。噢，兴许没叫她"姐姐"？多心啦！

"算了算了，赶天亮我送过去。也不看看几点了，黑灯瞎火的。"对方挂了电话。

蔡葵秋抬头看看天，再拨拉手机，连自己都笑了："这才几点呐！"不过被骊书记批评，他心服口服。虽说孕妇天黑不出门是过去的老讲究，但该讲究的还得讲究，有科学依据。

蔡葵秋原地跟了两个电话，先给爨琴，除报安外，过问妻舅那钱还了没，本想托他打问下，想处理掉重渊家那则老房子添补欠账，尽管折不了几个钱，话到嘴边就捂死了，自己没名头呐。再说这样做，等于断了重渊退路，接重渊回来？薪莪同意吗？丝丝瓢瓢算什么关系？其次打给医院，再次致谢院方给予的理解与帮助，并说五六天处理完这头，马上过去，有事电话联系。

"哟，大哥回来了？妈，把钥匙还给人家。"路对门高跟连衣裙正要钻驾驶室，见这头有人，扭头冲"紫气东来"街门喊了声，然后冲蔡葵秋嫣然一笑，那唇，比谷腴瘦的还红。

红嘴唇朝路这头努了努，他从口型判断，应该是"大哥，再见嘞！"

"明晃晃地睡觉黑咕咚咚地上班，真不懂你们南方人，切。"婆婆出门，冲着远去的"本田 CR-V"撇撇嘴，杠杠地向蔡葵秋走来，嘴里自顾唠唠叨叨，两手也没闲着，左边提串钥匙，右边端着什么："这两袋枸杞子，俺中宁特产，月婆子补气呀补血呀，灵着呢。俗话说，远亲不如近邻，近邻不如对门，俺俩对门子亲嘛。"

婆婆几天前打中宁来，刚退休，说儿子孝顺，订了机票接她来浪浪，免得小两口趟趟跑。可来了半个月，快憋屈死了，没个说话的，又怕出门。红灯绿灯，哪像俺乡下，敞亮得很呢。

31

蔡葵秋接过礼物，笑着说过感谢的话，竟喜欢听婆婆这杠杠的"中宁普通话"。

"兄弟哟，你瞄瞄俺这媳妇子，"婆婆凑近几步，右手半遮嘴半对蔡葵秋左耳说："都三十好几，还想耍几年，瘦成蓖麻杆杆子了，还练什么瑜伽呀，耍到四十再养娃，养个脚片子。俺那坨坨女人四十抱不上孙子，都羞得跨不出门坎子咧。"

"果真有那么玄乎？"蔡葵秋只听擦皮鞋的鸣沙老乡讲过，但半信半疑，现在又像听童话故事，只当乐趣。

蔡葵秋退两步，这婆婆进两步，闪动鬼鬼的眼眸说："我说大兄弟哟，昨天瞅见个当官的，揽个怀娃娃的出来，月份大了吧，那婆姨是你屋里的不？脸蛋俊溜，长得像大明星，和大兄弟有夫妻相呢。"

蔡葵秋听得不痛不痒，眼看话锋就要拐到自家门槛。四十岁抱孙子，薪荛四十六才怀孕，该不会羞臊死了呐。

手机响了，显示"丁先生"，来买过房。此类电话寻常会掐断的，但现在却成了他终止聊天的最佳理由。

"你忙你忙，两口子有啥事腾不开手支应声呢。"对门婆婆知趣地转身，一双木质拖鞋装着两只大脚板"咯噔咯噔"向"紫气东来"走去，身子有点宽。

电话里说，做梦都想跟蔡哥吃顿饭，不谈房事，只谈缘分，以缘结友，上次看房就有种开光的感觉。不等蔡葵秋回话，对方说明晚六点宜聚友，他查过皇历，月亮湾大酒店，来车接，不见不散。

薪荛回来了，坐奇瑞米黄迷你小车来的，如桃花太阳，陡然给蔡家添了光晕。看得出，堂姐照顾得不错，薪荛滋养得桃腮粉脸。

"快过来搭把手呀，真个是木头人。"骊书记带薪荛下车，得腾出手开后备厢搬东西，送给堂妹的，比当年薪荛的随身嫁妆还多，好像当年只赔了梨花五斗柜。

"听好喽，妹夫同志！"东西搬完，从屋里出来，骊书记左手叉腰，好像要做报告，却跨前两步右手拍拍蔡葵秋左肩："人可交给你了，你可别身在福中不知福。我妹妹现在就是一朵露水鲜花，你得尽职呵护咯——我可给你提个醒，哪天你慢待后悔了，可别找我。"

领导这话，听得蔡葵秋根本反应不过来。至于"鲜花""后悔"，更令他如坠入云雾迷端。他这堆"牛粪"眼看就要枯竭了，竟不知着急？至于"后悔"，骊书记已有预感，这几天已从堂妹口吻里嗅出些令她担忧的地方，却又不好直言，话说破了就不叫领导。

薪荛说，跟堂姐很投机，姐妹俩掏不完的心里话，现在有点累，洗个澡想睡睡。堂姐烧饭很少放盐，医生提醒她口要淡。还是自家自在，中午咱吃火锅吧，还剩点麻椒料。

最后这句话蔡葵秋爱听，跟着捏腔捏调，说堂姐呐当了一辈子领导，富贵病，单位饭吃的，就算有手好厨艺也给荒掉啦，再

158

加上骊丽……

话扯到这蔡葵秋赶紧刹车，心里难过起来，停了片刻低声说，也就跟你说说。

鸳鸯火锅还是薪茏怀孕前吃的，胃里寡得慌。上次谷腴瘦请客，纯粹摆排场。在家涮火锅，过瘾！薪茏边吃边吐舌头，边吐舌头边描述堂姐家那套公寓，讲得眉开眼笑，尽剩羡慕，尤其羡慕堂姐家二十平的盥洗室及二十平的大餐厅，说着说着哈喇子沿嘴角流出，蔡葵秋赶紧抽纸倒水取毛巾。

蔡葵秋嘴巴应着"嗯嗯"二字，两眼却盯着薪茏左腕镯子，晃来晃去，对半是辣对半是别的说不清道不明的感觉。他脑海里又想起骊书记提醒他的话。

来车接他的竟然是对门儿媳，穿着简易工作装，仍旧那样甜笑着努努嘴："大哥，坐前头吧！"

蔡葵秋有个问题早想请教，正好。但拉开前门又说坐后座，系安全带太麻烦。其实坐副驾驶室，他有种压抑感，上回跟谷腴瘦跑杭州就领教过。

"你上过大学，有学问，大哥就想问下'少为车子'什么意思？"蔡葵秋记得那横幅，揪住这四个字，尤其弄不懂这个"子"字。

"嗯，好像在哪读到过，大体意思是，少年吧，当过驾车的人。古时候这个'子'有讲究，可以指'人'。"

蔡葵秋自然想到自己，当初拉黄包车，不也算"车子"吗？

"要这样讲，其实我也算'少为车子'，只不过现代人与古代人的驾驶方式不同。"她努努艳红的双唇。

"我好像理解了。那'镯子'就可理解成戴镯子的人？那么琢镯子的就可理解成'琢子'？"蔡葵秋联想到当铺里的雕像，就有点钻牛角尖，听得"车子"扑哧笑出声来："大哥哟，你好可爱!"

兴许话题激起"车子"兴趣，从反光镜里看到红嘴唇张合不停：大哥跟你讲吧，我起先在木雕城做海南黄花梨饰品生意，噢，就是手串、线香、佛珠这些；忙了三年把赚来的又投给两家宾馆；宾馆赚来的，正想投个项目，行情没了。摊子铺得太大，收都收不回来。

生意清淡，搁心上愁得睡不着，头发都愁白了，大叔你看，染过好几回呢。

蔡葵秋只管听着，不知说啥好：婆婆儿媳，都说苦。有钱人再苦，也没我蔡葵秋苦吧！

蔡葵秋酒醒已是第二天午饭时候，搁揉依旧隐隐作痛的太阳穴，冲薪荛傻笑。薪荛说想吃啥我来烧吧，看你昨天到家，醉成个啥样子；对门媳妇送来的，像拖死猪一样。看把人家车给吐得，比我怀娃还吐得惨。然后摸摸下腹不无担心地说，可能动了胎气，半夜有点疼。

进厨房时朝对门努努嘴："怪了，咋是她送你回来的？"

蔡葵秋赶紧说："有啥怪的？这不是，不是在人家宾馆吃的饭吗？顺路就。"

"你急个啥？心虚嘛。"薪荛撇撇嘴，继续说："夯拉个脑袋，狗改不掉吃屎，要不是我看得紧这些年，怕早成棺材瓢子啦！"

前半辈子喝酒喝到胃出血，伤了肝脏，医生警告说你再喝怕就没命了。好在薪荛进门这些年，他基本没咋沾盅，偶尔沾沾酒，也是喝得一塌糊涂，不知道自己斤两。寻常有约总是东躲西闪，但昨天，不知咋的，鬼迷心窍了好像是，潜意识里压抑着的荷尔蒙跳出来作祟，跟着连衣裙就跑。

他狠狠自扇一记耳光，嘴唇微微翕动："都这把年纪了，还……"见薪荛端杯开水过来，赶忙捂住发烫的右脸，说牙痛。

喝完水，舒口气，蔡葵秋顿觉清爽些，敷衍了事地刷牙擦脸挽起袖口，说还是自己烧吧，你连锅灶都摸不清。他指派薪莌去门口小店买半斤小青菜、五六朵香菇、两撮小葱，昨天的火锅还剩盘生菜，吃清淡点。待泡过米又追出街门："醋别忘呐，袋装的；瓶装贵，还不见吃。"

　　这空档，蔡葵秋将了将酒桌上发生的事。昨晚那几个人，分明是姓丁的请来的说客，喝着喝着话题就拐到房事上来。这旧房子按当下市面价值不了几个钱，撑死三百万到头，看在投缘，他出四百万，跳楼价。你拿三百万在 D 城随哪也能买套公寓，就是在市府对门也不成问题。还剩一百万，五十万提款奥迪，你老两口开着多惬意。再说了，你那位置不咋地，东靠四姑娘井，西靠迥镰桥，还有棵老樟树辖在院子当中。

　　蔡葵秋急了，打着摆子跳起来，满嘴全是酒气："胡说！几百年的房子能不老吗？从顺治帝就供香火一直都没断过。我老爹留下话，蔡家……命……命根子。它没了，我……也没了，老祖宗能……能……放过我吗……"（吐）

　　薪莌难得洗回锅碗，让蔡葵秋再睡会。这样一直睡到下午五点半起来烧饭，见碗上有菜叶，还油腻打滑，蔡葵秋涌出些微不舒服。女人不上灶，连碗都不会洗。这倒可以忍，但忍不住的是，吃饭时将有人买房的事端到桌面上。

　　薪莌说："那好呀，赶紧出手呀，管他呢，手里有钱是实在，攥那么一大笔你还愁买不到好房？"

32

蔡葵秋这才意识到，喝酒喝傻了把自个套进去了，于是赶紧跳出来改口："那不行，打死也不行，房子是命，烂在手里也不能松手。我这过不去，将来到儿子手上，照样过不去！"

"亏你想到儿子？就这家，怕打死人家也不来。"薪莞气哭了，晚饭没吃成，又搬出那句"住太平间"的老话。蔡葵秋顺了茬来，捏腔捏调，怪声怪气，说："那地方也没得你住喽，眼下研究生呐大学生呐都削尖脑袋往里钻，哪还有你的份？别做黄粱美梦喽。"

薪莞怔了下，似乎听出话中话，追问咋回事？蔡葵秋才觉说漏了嘴，但又不好收回，只得一五一十地复制了谯师傅的原话。

见妻子没了反应，蔡葵秋急了，说："没事没事，大不了我养你，嘿嘿。"

薪莞半哼半挑起桃花眼，托住小腹挪进卧室。蔡葵秋干搓手没办法，只得换种口气说："好好商量嘛，这窗不开那窗开，我就不信，活人还真叫尿给憋死不成！"

一尊高大的背影立在大樟树下，双手叉腰，声音很空灵："孩子啊，这树是镇家之宝，蔡家搬来之前就有的。清末有人寻过来，说老佛爷要，得进贡，正要下斧，八国联军入京，没砍成；军阀混战那会，又有人过来要砍，结果连夜降雨，南山泥石流直冲下来，吓得来人抱头就跑，没砍成；前些年城市扩建，有承包商过来，说要开发这片土地办厂子，挖掘机开过来就熄火，换了三四台都这样，开发商怕呐，说这是太岁爷，动不得……"

父亲身穿草绿色列宁装，讲完这些转身离去，说五次战役要打响了，他伤已养好，得赶回"三七"线。

糊里糊涂爬起来，蔡葵秋揉揉眼皮跑到门外，借着月光绕大樟树看了个遍；绕宅子转了个遍。令他惊讶的是，梦境竟一样不落地得到了应验。其实他这阵就在梦与现实的交错处。四十年前旧城改造，打这东扩增容，墨迹般扩出好几倍，这里渐渐成了城市腹地，成了规划死角。

薪莛照旧懒懒地杵在餐桌旁，见蔡葵秋从片区儿回来，憋了一宿的心事放不下，拿起碗筷就迫不及待地唠叨上了。她决意要卖房，说拿到四百万能让这个家光景好点。我进蔡家都十多年了，吃糠咽菜没说啥，当初哥信誓旦旦，说要跟我办这办那，可哪样也没办成，忍也就忍了，可孩子不能忍呀，正月生下来，别的不说，奶粉钱哪来？指望那点工资？还是申请救助金？我这岁数能挤多少奶水？

现实很无奈，无奈得蔡葵秋不得不妥协。在妻子面前，他渐渐萎缩、萎缩、萎缩成了小矮人，兜里没钱，他人格瞬间矮化了。自打记事起，他就在为钱奔波，却总是疲于无奈。兴许姓丁的说得对，风水轮流转，难道蔡家到他手上气数就该尽了不成？

蔡葵秋正要出门上片区儿去，就听见有人喊"蔡先生在家吗？"伴着轻轻的敲门声，竟是不久前来过的"老南洋"站在门口，他拉住蔡葵秋双手，说连夜赶来，在宾馆眯了会儿就独自登门造访，如有搅扰请多多包涵。鞠躬加作揖，显得过分歉意客套。

"老南洋"说看来看去还是相中这套宅子，就订机票飞来了，好激动，好自豪，好有幸福感。祖国昌盛，人民富强，他也要圆他的梦，就在这。

"老南洋"年近八旬，竟孩子般天真，手舞足蹈，口无遮拦，展展伸开右手，说这个数行不？只要房子没给下家，啥条件都好商量哦。

没旁人在场，袖筒里谈价的老把戏也就免了。看得出，"老南洋"是真叫急。

蔡葵秋说，还早呐，先不急，我得先到片区儿上去。"老南洋"可急了，说不早不早，这事已拖好几个月，拖不得，拖不得哦！蔡葵秋听着笑了，说天没亮还早，要不先生先四处浪浪（"浪浪"这词从对门婆婆那学的），咱D城虽比不上你们南洋，应该比什么坡——对，新加坡面积大吧，这四十年变化也够您看阵子呐。

"老南洋"说，我哪也不浪，就陪你到片上去，咱爷俩好搭肩攀话儿。蔡葵秋笑了，这老爷子，我转眼就攀个大儿呐。他全然忘了背后还有个于老板等话呢。

灰头土脸的，蔡葵秋只好将"老南洋"带到健身场，想让他体验下"中国大妈"的热情。见蔡葵秋挽了打蝴蝶结领口的老人过来，女人们像打过鸡血，兴奋得不得了，说几天不见，"老模"攀上了华侨。说话间老人已被簇拥进女人堆里，像被海洋淹没了一般。

蔡葵秋笑着说，你们玩吧，我可没闲空，麻烦你们陪会老爷子，待扫到这我再带他走。

自打见过"中国大妈"，"老南洋"无疑确信其在D城置房养老决策的无比正确性。只是在讨价还价上，又耽误了些工夫。注意到对方购置此房的迫切性，薪莞横了份心思，出口价就抬到了六百万，远远超出两个月前的标价。她拿眼剜过蔡葵秋，心说你最好闭嘴，我只要讨你个"卖"字，剩下的事我来做主。

两头担着，蔡葵秋只好退大樟树下，给丁老板打去电话，说对不起，不是不卖而是没法卖。这宅子政府插手了，说要当历史遗迹保留——后面话是临时塞进去的。谁敢跟政府作对？挂掉电话，蔡葵秋忽然觉得自己胆太肥，敢拿政府当幌子。

薪莞揽到手，可就不以蔡葵秋意志为转移了。他索性调头出门，瞥了眼对门，似乎想对应内心潜藏着的某种感觉。但却是，婆婆倚在"紫气东来"下东张西望。人生地不熟，对于曾经呼风唤雨惯了的女人来说，为儿子独处空楼，简直比坐牢还受罪。

"你好呐，大姐。"蔡葵秋两脚出门，挥手招呼过去。他想咨询枸杞给孕妇滋补的事，却被屋里唤了回来，说事已谈妥，单等你最后敲定呢。

房子的终极价位锁定在五百六十万，双方眼神全落在蔡葵秋脸上。蔡葵秋明白，自己反倒成了他俩的中介，心说薪莞啊薪莞，你都这样了，叫我说啥？我说高啦，高出五十万，降点你愿意吗？但"老南洋"脸上也挂着笑脸，似乎对这个价位也满意，拍拍蔡葵秋肩膀说："你太太很风趣也会做生意啦，攀到这个价自己无话可说。若二十年前相遇，我肯定高薪聘她的呀。"

既然交易已成，选个雅座祝贺祝贺，顺便把协议签了。"老南洋"明后天得赶回去。

长话短说，简单的祝酒持续了半个小时，因为薪莞有身孕，不宜久坐更不宜喝酒；蔡葵秋胃里还弥留着酒气，反胃；"老南洋"看了看签过字画过押的协议，说尽快办妥过户手续。

"老南洋"接着说，他上回来就看好这则宅子风水，东靠四姑娘井，西靠迤镳桥，还有棵老樟树辖在院子当中。再则，他喜欢"中国大妈"是有由头的。他打小随父母离开大陆，就是从 D 城走的。这是他的根，老来寻根是他这辈子的宿念。看上那位细高个，抱小孙孙的大妹，若投缘，他想娶她做太太，不知人家肯不肯。说话间看看蔡家夫妇，似乎想说，请你们帮着撮合撮合。

饭后回家，蔡葵秋莫名其妙地傻笑；薪尧则捂着小腹抿笑。不过他俩自打有了孩子还从没这样开心过。五百六十万，将会是撬动这个家庭最好的杠杆。

"你的电话，这晚了谁还……"薪尧屏住呼吸，第六感觉告诉她，笑得太早了。

"金华医院打来的。"蔡葵秋看了眼妻子，两人内心顿时五脊六兽，忐忑不安起来。

医院来电话说，重渊情绪反复无常，半夜犯病在住院部乱喊乱叫，天蒙蒙亮趁人不备跑外面。原以为属间歇性发作，过阵子会好的，但情况可能更糟。希望家属尽早过来，跟医生商量下，看咋办好。

薪尧不说话，脸色阴郁，兀自进屋；蔡葵秋明白妻子在想什么。她此刻想得太多太多，只因寻常想得太少太少，少到只关心工资到账没，每个季度可以还掉多少欠款。而医院电话，很现实地逼薪尧，另个女人拉长思绪，由"1 米"硬生生扯到"2 米"，这显然冲破了她的"安全警戒线"！

蔡葵秋独独站在街门口，淬火凝固的思绪无法打开，现实很冷酷！金秋十月，正是桂花三弄扑鼻香的醉人季节。可他呢？他不是醉而是碎，粉身碎骨，顷刻间只剩满地鸡毛。

33

穿过玄关，看到妻子卧室门紧闭着，如此无声的表态告诉蔡葵秋，你若照顾那个女人，这屋里的现存关系，你自己掂量吧。

脱鞋光脚，生怕弄出声响，同时两手搓来捏去六神无主，两头担着心思，哪头都放不下。医院那头，他明天必须得去，没退路。其实自打娶了重渊，离不离婚对他来说，没多大区别，至少在重渊被别个男人牵走之前是这样；儿子在与不在，同样没多大区别，毕竟见证了他俩的爱情；如今，人走屋空，四壁徒辉，重渊连最后那根稻草也倒了。这世上，除了蔡葵秋，她还能指望谁呢？

可这头，薪莞有啥错？十年来，她默默无闻死心塌地守护这个家，捍卫属于蔡家仅有的这点生活活力。她所提出的任何理由都在情理之中。

那就是，蔡葵秋自己错了，这辈子错上加错一错到底。这个男人，蔡家香火的柄承者，陷入极度失望，滑向绝望，陷入即将被撕裂的情感世界中。

"随你便。哥，我们明天是不是先把手续给办了？"从门缝挤出薪莞有气无力却半待商量半做决定的安排。

看看机屏，时间刚擦过 20:00，蔡葵秋转身扑向荒宅子，再拐向"紫气东来"，趁人家还没熄灯，请婆婆明天过来照顾下薪荛。医院那边情况复杂棘手，天晓得会办成咋样，当天能不能赶回来不好说。他嚼着薪荛递过来的"随你便"三个字，这话是否可以理解为自个拿主意。你的前妻重渊，你想转南下湖医院就转南下湖医院，想送回马蹄山就送回马蹄山。那么，想领回来就领回来？

　　天麻麻亮，蔡葵秋赶到南山脚下，抓紧赶完片区儿上的工作，公交车过来就可以直接赶到金华。

　　上车坐定，蔡葵秋掏出手机，想跟薪荛招呼声，安顿点什么，医院那头电话来催，只能说明重渊病情在恶化。车轮在转，蔡葵秋五脏六腑跟着在转，他就像一只被抽空灵魂的躯壳，任由命运使然，拖向死亡之谷。

　　下车出站，他顾不得也没了饥肠辘辘的感觉，直扑医院而去，半个身子才出出租车门，就与一个披头散发冲出住院部大门的女人撞个满怀。

　　"重渊?!"蔡葵秋凭直觉大喊一声。女人直愣愣定格在蔡葵秋怀里，双眼木讷，先笑后哭，突然勾住蔡葵秋脖颈呻吟着在脸上狂吻，撕都撕不开。蔡葵秋看看左右，也就三五个人或痴笑或惊诧或点头。

　　"好了好了，宝贝，冷，我们进去喽！"重渊在蔡葵秋及急匆匆尾随赶到的几个护士的搀拥下回到病房。

　　"怪了，你一来她就乖了。"护士看着躺在床上的重渊，跟蔡葵秋这样说，然后拉拉他的衣角。

　　住院部拿出的方案是，将重渊转院到南下湖；但蔡葵秋带来两种想法，或转院或静养，但各有其长短。于是，先联系南下湖，得到的回话是，自入春以来医院就人满为患，尽管这种医院的病员额有严格限定，病房外还是加了些义床。不过到年底会好些，通常情况下，深冬季节这方面的发病率会低好多，再加上有些人接家属回去过年。

蔡葵秋说，转院属下策，还是走上策吧。他相信，重渊若被送进南下湖，就她那性格，反会加重她心理及精神负担，绝对是终身伤害。其实，重渊现在渴望需要的不是药物措施，而是情感抚慰。

重渊，离开蔡家十年后，又回到蔡葵秋身边。坐在回 D 城的公交车上，她靠在始终认为是自己"男人"的肩膀上熟睡，睡得好香，香到发出轻微鼻鼾声；右手紧紧捂住左腕上琢有"重"字的镯子，生怕遭劫似的。阳光打窗外斜泻而下，洒落在两人身上。

"多好的恋人……"

"不对吧，这岁数上，多是那种关系……"

或侧或后，或年轻或年老，蔡葵秋从他们嘴里听到低得不能再低的议论，或察觉到极细微的眼神和表情；他不在乎这些，他所在乎的是，只要身边女人能如此安宁祥和，只要另一个女人能接纳身边女人，就够了。然而，他毕竟太过天真，想拿天真来冲淡将要发生的现实。

薪莪和"老南洋"双双杵在街门口朝自己张望。他俩要签过房手续，满把都是盖过公章的，手头唯独欠缺关键物件：土地使用证和房屋所有证，拿"老南洋"的话说，叫地契和房契。而在蔡葵秋的记忆里，他从没听说更没见过什么"证"什么"契"，他只管住着父亲留下的这则宅子。至于什么"证"或"契"，若有，也定在父亲手里。而父亲自 20 世纪 70 年代，由于大脑受损出现失忆，固化的记忆只有那八个字："非己莫取，取必自毙"。他实在不关心这些事，因为有房子住。

薪莪苦笑道，你木，拿别人当傻子，拿酒灌呀。在住房已被当作比娶媳妇还当紧的年代，你这话谁信？提二两毛线上街纺纺

（访访）。今晚不睡觉也得把宅子翻个底朝天，得找呀！

　　蔡葵秋安顿重渊睡前半间，也就是他自己房间，隔壁后半间是薪莠的卧室。关好门，蔡葵秋开始了翻箱倒柜；然后房顶；然后地下室，多年储杂没人管；然后穗穗房间，当然只能由薪莠进去。如此折腾之后到后半夜两三点，薪莠回后半间睡了，整个宅子只剩蔡葵秋瞪着血红眼球无奈地巡视，他甚至想到爬大樟树，要不是因为怕蛇。

　　门开了，重渊探出头问有饭没？我饿。蔡葵秋才想起，从医院出来就没吃什么，自己也是，得弄点吃食填肚子的，事情归事情，身体当紧；门开了，薪莠探出头问找到没？天亮得用，华侨订了下午机票。

　　两双惺忪的眸光同时打在蔡葵秋身上；他愣愣地杵在外间中央，两眼突然发黑，两女人的影子屏幕般闪动、叠加，满屋子追逐，厮打倒地。

　　他两腿渐软，面朝天背朝地，整个身子朝悬崖横飘下去。悬崖上两个女人，起先呼叫自己，渐渐对峙成犄角，越来越小，越来越模糊，终定格成盲点尘埃。

　　他看到儿子，看到三弟，看到父亲。他们从三个方向将自己围在中央，却又置之不理……

　　两女人对坐在餐桌，互不相望，边往肚里填早点边朝床那头张望，蔡葵秋展展地躺着，昏迷不醒。

　　重渊烧了早餐，她太熟悉这十平方米大小的空间。那十年，他俩创造了太多太多美妙无比的回忆：夫妻边聊天边烧饭。我洗菜你递刀；我和面你使杖；我支锅你添油；我拌菜你加醋；我……

　　她幸福着自己的幸福，默契到心灵深处的感觉油然而生，情绪与知觉在向常态回归。

　　蔡葵秋大气没吭小气没哼地躺平了三昼夜才醒，他说满身骨头架子都散了。两女人站床边。重渊说这是累的；薪莞没吱声。

"老南洋"已回新加坡，没留下任何念想；薪莞没吱声是因为，她心存太多念想。三天来，她面对比这"证"那"契"更棘手的问题。

就在蔡葵秋病倒第二天，马蹄山来人了，是重渊娘舅家的，捧来张几乎折成碎片的深黄色草纸，上面盖过章画过押。来人抖抖深黄色凭证，说受老舅之托赶来代办房屋变更手续。但见蔡葵秋深度昏迷，叫都叫不醒，来人留下复印件，说过些天再来。

翻了半天，噢，蔡家老宅子所有权竟在他人手上，而且还在马蹄山?!

爨琴在两天后过来，忖思蔡葵秋缓过身子。他说，这事还得回到20世纪70年代初，具体在1972年，你爹迎娶重家女人时留下了这份凭证，还有份附件，说等他百年后再落实。至于具体缘由，没写。作为晚辈，他不清楚也不好打探。表姐夫在马蹄山时老舅说约你喝酒，八成想拉扯这事，结果我表姐姐病倒了。没几天老舅情况不好，临了托办这事，走得太急，留了好多半拉子话半拉子事，当年两家在这事上的具体细节，也就成了谜。我也只能照规矩走。若表姐夫怀疑凭据，做个司法鉴定，钱我来出。希望不要走法律程序，听说很麻烦的。不过要走也成，姑表亲情的，对簿公堂，怕也就断了这门亲戚。当下，这方面伤和气的满社会都是，可专家们说，这恰恰体现了社会的法治化。你们看着办。

这教薪莞情何以堪忍！房子没卖成，倒好，现连居住也成了借宿，一借就是几十年！气头上的浑话"走麦城"，现今果真应验了呀。她转身冲着重渊，欲哭无泪地说："原来你们重家多少年前就预谋好的呀，不就是要宅子吗，你也够阴的了，回来就冲了它?"

34

薪尧兜住下腹，小心坐回餐桌旁，从昨晚到今天，隐隐作痛，年后临盆，算算孕期还不满七个月，拿起水杯，空空的，渍层薄薄的水垢；蔡葵秋跑厨房烧水，饿了三天，锅碗都是凉的、空的，水槽里有副碗筷，贴着菜叶，没洗；重渊斜靠前半间卧室门槛，头发蓬乱，若无其事，本想争辩，那是上辈人造的孽债，跟自己无关，现成了冤大头，气也就不打一处来。

"给你留的饭，她吃了。"重渊重重地砸下这句话，跟着将袖筒挽得老高，那双不那么雪白却那么胖松的臂腕在空中抡上两圈；然后，进厨房将厨具碰得叮当响；接着传来俨然夫妻间才有的窃窃私语。所有这些显然在向另一个女人表达着什么。而蔡葵秋似乎并未意识到这些，好像果真回到"重渊时代"，全然忘了餐桌上的水杯还是空的。

薪尧艰难地起身，强忍疼痛，捂住下腹返回卧室。

起得有点晚，打过头巡鸡鸣，被重渊糊里糊涂拽进前半间不消停。他没法理解，该是绝经年岁的女人，荷尔蒙在体内还那么顽皮，他将半年来的所有积抑和郁虑，乘势发泄殆尽。连打两个呵欠，腰髋酸痛，他转身瞥瞥后半间，门依旧紧掩着，内心掠过些微内疚。他来不及多想，得赶片区儿去。

"中国大妈"们正踩着节律用心跳健身舞，看到"老模"清道过来就把持不住矜持打起闲趣，间或夹杂些打情骂俏，问"老华侨"咋没过来，有人可想他啦。蔡葵秋明白，那人就是抱小孙女的高挑大妈。

一根扁担两箩筐，空的，摆在不远处，正南不足五十米处，叫"小杳"的自顾甩引体向上，幅度大、娴熟、漂亮，上半身赤露，半案文身很刺眼。

蔡葵秋这些天没半点聊天心思，叫"小杳"的令他回想到其背后无法言表的生活悲景。他不想搭理任何人，屋里两个女人已令他焦头烂额，他甚至不知道走过今天还会不会有明天。

重渊回到蔡家，省了蔡葵秋围兜烧饭。跟重渊共同生活了十年，从恋重渊学会了恋厨艺，不小心成了"厨房小资"。这些天，"重渊的味道"又回到餐床上，四把蚂蚁椅，占了方桌四条边，东南西北，各有方位。包子蹲在薪莞座位上，冲他俩张望。

薪莞不见了！

早餐没见出来，蔡葵秋敲门推门后发现，卧室老早是冷的，没留下半丝薄荷香，只在鸳鸯枕巾上留下那只镯子，"新"字朝上，身份证本来随身带的。厕所里没人；穗穗房间里没人；地下室没人；整个宅子外围没人；四姑娘井？蔡葵秋两腿开始发抖，几乎挪不开步子。

四姑娘井水不深，先前专供食用及洗涤，及伏天食物冷藏，这些年邻近住家搬的搬，走的走，只剩蔡家在用。井壁凸出石阶，可以下脚，蔡葵秋小时常下去玩，后来腰粗臂宽，下不去，下去上不来。顺井口探见水平面，安静如斯。蔡葵秋坚信，六个月的孕妇不可能掉下去，就算轻生，做母亲的不会不念及孩子，她找不出走这条路的理由呐。

整个上午，他和重渊找遍了宅子的角角落落。然后，跑到迥镳桥，只有算命瞎子无聊地拉着二胡；跑对过荒宅子，也没人。无奈中他想到呆警官，他有办法。

呆警官在屋里这摸摸那看看，动作很专业。临走前说，可能不在附近，若二十四小时内还没消息，可以报案。

午饭两人都没心思开灶。重渊脸色铁青，魂不守身，两眼不时瞅瞅空水杯；蔡葵秋见状很是担心，不停安慰说没事没事，会回来的会回来的，回房间睡会呐。

带住这门瞧那门，他两头担心。跟前的，你可得给我安生点呐！

活脱脱一个大活人说失踪就失踪，蔡葵秋没法跟新家人交代，尤其没法跟骊书记交代。想到这，顿觉每根头发"蹭蹭蹭"往上竖。

下午刚上班，进来一群夹包带笔的，有说规划局的，有说文化局的，有说城管局的，有说文物保护局的，七局八局全有来头。他们说，蔡家宅子建自清初，承载着数百年历史，堪称D城民俗的大百科全书。前阵子，市"人大"开会已立项投资，将此处修葺原貌并加以保护。政府牵线会同相关部门，这次过来，与宅主打过招呼。至于赔补搬迁等事宜，随后会在评估基础上跟进沟通。

之前，蔡葵秋也曾听人提及或网传，蔡家宅子要充公啦。但他只持之一笑，谣言肆虐的时代，你信也罢不信也罢，没人拦。可没想到，谣言与真相竟隔顿饭工夫。至此，他依旧相信，这是谣言。

晚饭后，对门婆婆蹑手蹑脚过来，挤眉弄眼，瞅瞅蔡葵秋，问下午见你家门口站那么多有头有脸的人，不会出啥事吧？再探探屋里吃饭的重渊，说你又换了？还是休了？听儿媳妇讲，她早上班，顺路送你家屋里的到西站，还帮她买了走杭州的什么"快客"车票呢。挺着个大肚子，又那么大岁数，提只皮箱挺吃力，挪都挪不动。城里乡下都是人，手心手背的，你咋就狠下心呢？

这话听得蔡葵秋哭笑不得，却也获得重要信息，原来薪莞不辞而别，是独自去了杭州?! 杭州？她跑杭州干吗？莫非去寻旧情，投靠那个燮老板？

他忽然联想到骊书记送薪莞回来时提醒过的那句话："我妹妹现在就是一朵露水鲜花，你得尽职呵护——我可得提个醒，哪天你慢待后悔了，可别找我。"

这家姑嫂腻成个团，能有啥好结果呢。由此推断，薪莞此次出走，肯定与骊书记有关，直白点说，是嫂子怂恿姑子，或至少姑子获得嫂子支持。薪莞肠子软，经不起灌迷魂汤。当年受谷胰瘦蛊惑结成"死党"，就是最好的例子，结果呢？现在被人家冷落了，还不知实情，热脸蛋往冷屁股上贴。

于是，他把电话打给骊书记，只想证实薪莞出走这事是否先前与她支应过。

你可以想象会是什么结果。电话那头，如刚打过鸡血般亢奋，劈头盖脸如狗血喷头，直骂得蔡葵秋没了招架，连挂手机的勇气都没有。临了，还是人家骊书记宽宏大量，说："你这同志，捕风捉雨可不是我们共产党员的领导作风。实事求是你懂不懂？我党讲了一百年。你是'劳模'，咋也给忘了，不学习多可怕呀。小蔡同志呀，以后凡事在没搞清楚前不要乱说。我们党的二十大刚刚闭幕，安定团结，踔厉奋进……"

蔡葵秋急得只剩吐血，抱着手机哭笑不得，心说我的亲姐姐呐，我现在最关心的是，我老婆到底去没去杭州！

他后悔，当初信了谷胰瘦不让孕妇碰手机，说什么现代人性功能全面衰退，只因过度使用电磁辐射源。

他指东骂西，指南骂北，却仍旧解决不了根本问题，问谁都说不知道，却又假惺惺装出很关心很着急的样子，提出很雷同的建议：报案。

"狗血，狗血，太狗血！"他打过鸡血似的暴跳如雷，脚下秋草被踩进泥里。

猛一拍手，蔡葵秋忽然想到这个关键人物：爨一熙。眼看电量告急不到 2%，蔡葵秋还是启用早被拉黑的尾数六个 6 的手机长码。电话里传来"您好，您拨打的用户正忙，请稍后再拨。"几遍都是这样。

正当机屏显示红色告急时，电话响了。

"我问你，我老婆在你那没？"蔡葵秋急呀，嘶哑着嗓膜，把"新薪茏"喊成了"老婆"。

"￥#@&%*……"里面全是杂音，只含含糊糊分辨出女人说"照顾"二字就熄屏了。他夺过重渊的手机拨过去，那头挂机。

这头，重渊脸庞早已挂了绿色，难看极了，显然情绪发生波动，开始说着听不懂的话，自顾自围着大樟树转悠。蔡葵秋顾不得担心那头，赶紧走上去陪重渊，拣好听的哄起来，顺她的思绪腻着她的初恋，三两句麻肉辣心的话果然奏效，直哄她到床边，哄她服过带回来的西药。重渊像个婴儿，听着《摇篮曲》渐渐入睡，嘴两角各挂条深深的笑痕。左手紧紧抓住蔡葵秋右手，生怕失去"稻草"；右手紧紧护住左腕镯子，生怕被谁抢走。

蔡葵秋像根木头人，或更像尊蜡像，坐在床沿，不敢动。但他内心早被劈成两瓣，稍有安息，另一瓣即刻分离出去，飞向薪茏。

35

天黑下班路过，呆警官敲门，说不放心进来看看。重渊睡态如静水，他拉了拉蔡葵秋衣角，两人到客间。蔡葵秋见呆警官欲言又止，堪为为难，知他并非"路过"，心里装着事儿。

"呆警官，有事直接跟你蔡叔讲，事已至此，还有啥掖着藏着的。"蔡葵秋已做好了最坏的打算。

呆警官从提包内拿出喝水杯，正是放在蔡家餐桌上的那个。他压低声音说，取了杯壁上的水垢请人化验过，水里含有米非司酮成分。这种药，用来打胎的。

"啊？这，这，可能吗？哪来的这药？"蔡葵秋听后脸色骤变，两眼直盯着呆警官，连血液也凝固了。

呆警官说着又取出折了又折的信封，里面露出三小块微黄色药片，包在餐巾纸里，说泡过一块，这是剩下的。呆警官指了指屋墙角，接着说，就从"不施闲"那件衣兜里发现的。

那是重渊出院时随身穿来的衣服，现在穿的是薪茏换下的连衣裙。重渊从来不穿裙子，说山里人不习惯裙子，只是没得换了才这样。蔡葵秋本来想等事态稳定下来，带她上金泰选两件呢。

不过，呆警官临走叮嘱蔡葵秋，这事你知道就行。尚未提起诉讼，我这样做严格讲也算违反工作流程，没来得及签办搜查令。这样做，看在蔡叔您和骊书记的关系上，随嘴说说，这说这了。有一点是肯定的，化验结果没错。

出门时，呆警官特意向屋里瞥了眼。

法律有时偏爱钻牛角尖，气死讲理的，憋死讲情的，没脾气。

送走呆警官，捏着纸，蔡葵秋折回屋里，心想还有啥好调查的？事态发展到现在，其缘由全写在重渊脸上，呆警官刚才明里暗里已表达得清清楚楚。可等重渊醒来，你还能咋样？像电视剧情那样，揪住女人两记耳光上手，然后，推将出去，告诉她永世不得回来？

重渊好像不是那样的恶女人呐！就算退一万步讲是她干的，可证据呢？人证在哪？物证在哪？当今可是法治社会，容不得你胡来呐！再说退十万步讲，证据确凿无误，患这种病的人听说还是免于被起诉的，这也是法中有情。

"唉，人呢？表哥……表哥……"

听到卧室门的"吱扭"声及呼唤声，蔡葵秋从玄关地板弹跳起来，差点撞倒黑影。他赶紧开灯，重渊身着薪莞那款睡衣，已杵在自己眼前。

"你？吓死我呐！"蔡葵秋惊魂未定，却伸手将重渊的睡衣扣紧了紧。

"又睡过头了。哥，我饿。"重渊半打呵欠半揉眼睛，有气无力地说。

蔡葵秋说："饿了好，饿了好呐，说明你缓过来了。不要憋尿，顺便擦把脸醒醒，这回咱泡'康师傅'吃，换换味道。"他没敢说是穗穗没来得及吃，扔下的。重渊忌讳提新家人。

前后睡过六七个小时，药性过了，重渊精神也好多了，闻到从厨房溢出诱人的奇香，她忍不住挪步过去。蔡葵秋伟岸而又熟悉的背影跃入眼帘，勾起她某种满足与幻觉，犹如十多年前，顽皮中带着依恋，伸臂打背后悄悄蒙住影子双眼，屏住呼吸……

但勾手间，重渊又缩回双臂，重审昏暗中的影子，"前夫""表哥"及"男人"三重角色忽而叠加忽而撕裂，伴随着或喜悦或痛苦，或体验"痛并快乐"的混合型成熟感。要说如此体验先前仅存于潜意识里，那么，随着薪莞"出局"，挣扎的成分越来越多，越来越突出，就像眼下。

"好喽好喽，这东西隔三岔五吃吃还行，闻着香缺营养。年轻人净吃含激素的，要么偏胖要么偏瘦，不亚健康才怪呐。"蔡葵秋只管唠叨，并没注意背后重渊想些啥。

蔡葵秋本来也就随口说说，看着重渊越吃越香，并不在乎自己的提醒，反而饶有兴趣地介绍起烧方便面的"绝活"：先开水焯过面饼，再下佐料，倒点陈醋及生胡麻油，温水漫面，待微火至沸，加盖焖30秒入碗。

重渊终于被"康师傅"填平了饥饿而又起伏挣扎的心绪，在蔡葵秋的安抚中上床入睡。蔡葵秋蹑手蹑脚退出卧室。手机呜呜振动，还不到天亮，谁有这急事？

穗穗来电话，说梦里闻到大爹烧的方便面味道，馋死了。有时胡编瞎造也这么靠谱！

"这闺女，真会闹呐！"蔡葵秋不得不转身拐进薪莞房间。穗穗接着说，刚刚梦到姑妈。姑妈独独走在解放街上，四周黑乎乎。姑妈肚子瘪瘪的，是不是生了，弟弟还是妹妹？

蔡葵秋实在不敢回话，不善扯谎，他只好支支吾吾应付着，模棱两可地打发对方说没事，挂了。但那头偏偏来了劲，说你挂几次我打几次，叫我姑妈接电话，快！

"你姑妈失眠，刚刚睡着，你忍心叫醒她吗？"对方沉默了。

"没事我挂了，天亮再打行不?"蔡葵秋单怕谎言撑不下去，想草草了事。

穗穗说她床上有幅画，很金贵，出门急忘了收拾，请姑妈拿纸裹好，明天还蚨过来取。教官巡夜，先挂了，她是爬被窝偷偷打的。

蔡葵秋赶紧拐进穗穗卧室，嘴里念着那画呢那画呢，忽觉"蹭"的一声，包子从床上蹿他肩头，扒住老脸猛蹭猛舔。

"滚开!"蔡葵秋不知哪来的力气，揪住粘贴物，狠狠甩向屋角；拐角立马见出"探照灯"，冲自己"喵喵"直叫。

"哈哈哈哈……哈哈哈哈……"成串的怪笑打背后传来，蔡葵秋转身间吓得半死：门槛处杵着重渊，身穿睡袍，披头散发，似纸片人聂小倩，从《聊斋》中飘出，朝自己扑来……

"咚咚咚——咚咚咚——咚咚咚"越来越强的敲门声将蔡葵秋吵醒。他才发现自己和重渊竟睡在侄女房间。要放以前，薪莞不掐死他也会骂死他不可。

还蚨骑共享单车和呆警官肩并肩过来，说在红绿灯处撞上的。呆警官招呼声"蔡叔"并说，晚上下班路过有事要谈，请大叔哪儿也别去，听话音事情不轻呢；而还蚨说调休赶过来看大爹姑妈，自打穗穗参军就没来过，工作了见天朝九晚五，到家陪老妈，晚一分钟都不行，这不，从您这绕回去还得把故事给编圆称。

蔡葵秋本想借话赶话，问下谷腴瘦近况，但话到嘴边被还蚨逼回肚子里。说医院让老妈在家，哪也不准走，可她倒好，满身不自在，掭个放大镜，整天锁地下室捣鼓她那些宝贝，谁都不让碰；还说要为元旦第二届"镯钏锡韵研讨会"做准备。老妈心口淤气，满脸瘀黄，眉毛锁成个结，医院也真是，没功劳有苦劳，没……噢，大爹你们可得帮帮我哟。

蔡葵秋听得云山雾罩，自己到底算罪人？还是救星？还蚨说，这事再瞒恐怕会闯出大祸，所以挑了今天过来，跟大爹唠唠。他称"大爹""姑妈"也是顺了穗穗口吻。

还蚨原想出国，到英国深造（其实跟着捻捻去的），被老妈挡了，说在杭州发展都不准，何况英国呢。后来想进城乡五水管道工程院，技术含量高更有发展远景，兴趣呀专业呀现哪有这么对口的？但设计院门槛高，没"硬菜"进不去，他那套图纸就是"硬菜"。凭这，他终于如愿以偿，却担了极大风险。因为这套图纸设计得不是一般的城建结构，而与还麾宫有关，与女媭媭那套宅子有关。其背后隐藏着他与女媭媭达成的鲜为人知的肮脏交易。

去年，也就是大学毕业被老妈拽回来那天，他偶然获悉，女媭媭在宅子里秘存有名画《安托万·德·戈涅肖像》（其实是仿真的）。还蚨心痒痒手痒痒，听穗穗多次提到过，从这幅画里可以欣赏及捕捉到文艺复兴时期的经典信息，更是尼德兰艺术灵感的集中体现。她崇拜尼德兰，也同情安托万·德·戈涅。作为私生子，戈涅很不幸，却在不幸中坚韧地活下去。从上初中起，她渐渐觉得，自己也是私生的，打小被托孤，托来找去，连亲生父母是谁都不知道。

还蚨爱穗穗，发誓为她赴汤蹈火。当得知此事后，他原本想通过从还麾宫打通地下隧道去窃取。他透过底，有钱没钱人家都不卖。所以，窃就成了最直接也最刺激的渠道，他信鲁迅的狡辩"窃书不算偷"。草图就是在如此动机驱使下出笼的，只是后来放弃了。他清楚得很，不论工程规模还是资金筹措，绝非闹着玩的。他后来跟工程院的同事笑笑说，这图纸是画着玩的，学这专业不用，手痒痒的。

爱情似火，尤其是从失败中重新被点燃的爱情之火，已使年轻人铤而走险难以止步。当得知女妈妈对镯子情有独钟，尤其对古典臂钏爱不释手，还蚨兴奋不已，新机遇使他对获得感有了越加强烈的可能性。他将目光转向自家地下室。但老娘看得紧，每天进门卸完妆，就钻进地下室检点那些琳琅满目的藏宝。

36

于是，他从网上联系到商丘盖姓仿古商，高价订制了仿真"二扣四环"臂钏，并轻而易举地跟老妈玩了把"狸猫换太子"游戏。他想这游戏玩起来挺刺激，就来了兴趣，直到老妈动了真格，打北京请来了夜老板。那还真是个"玩真"高手，一眼就看出真假。后来的事，大爹您也看出来了，老妈较起真来果真不是善茬，还请呆警官侦办这事！

因为这，他与呆警官认识了，只想弄清楚事情办得咋样，能糊就糊弄过去，干吗非要报官哟。两家人好了几十年，更何况自己爱穗穗……

难怪这起侦探办得拖泥带水，而且每次被问及此事，呆警官总闪烁其词。兴许刚才说下午有事，难道就为这？

还蚨自顾诉说，情到自然处竟湿润了眼眶。蔡葵秋从没察觉到在自己眼皮底下长大的年轻人，也是如此的性情中人，极像当年的自己，因而跟着感动起来。

"人呢？表哥哪，我饿了——"打门缝挤出重渊越叫越软越拖越长的呼唤声。还蚨打住话题，掏出手机看看，惊叫起来："妈哟，该午饭了，老妈七八个电话。等着挨批啰。"

　　蔡葵秋不敢有丝毫怠慢，别过还蚨折身进门，直扑厨房，心想今天是咋了，平常重渊会自己下厨，偏偏这顿饭靠上了。重渊拿五分呆板五分温柔的眼神及语气冲着他，说自打离婚再没吃他烧的渝人火锅，今天胃靠得慌，说话间将满杯开水递他唇边。蔡葵秋心里咯噔一下，自然想到下药的事。但他仍不相信，这辈子善良到骨髓里的村妇，别说心藏邪念，连半点怪心思都不曾有过。

　　杯到唇边，就算砒霜他也得张嘴，"咕嘟咕嘟"杯见底，杯壁沾了些微水垢。蔡葵秋拿围裙抹抹湿唇，勉强笑笑，说冰箱还剩点"硬菜"，正好拿猪脚和筒骨作底汤，荤的太腻，你弄几样"软菜"来，说着递给手机，指指门口小店；重渊抿笑不语，全然没了疯疯癫癫。

　　火锅下了川味调料，辣中透麻，吃得重渊直咧嘴巴，跟着唇角烧起泡，下午喝了半壶凉开水才消停，用的是薪莪的玻璃杯，杯上的水垢比几天前厚了。接近 5 点，蔡葵秋给重渊选了手机投影，说上了几个电影很好看。待会有点事，得出去办下，你别乱跑。他想呆警官五点半下班，快路过门口了。

　　呆警官说，骊书记打来电话，说骊丽百日祭，问他下班能否到家趟。长话短说吧，谷腴瘦昨晚电话，催问侦察的进展情况；可她家还蚨不让办，能拖就拖。因此，自己左右为难，想征询下蔡叔想法，尽管这与程序不符，有违规定。

　　蔡葵秋笑笑说，既然有违规定，那你就照章办事呐，于公于私都敞亮。

　　呆警官为难了，说这事不是不能立案，而是没法立案。还家事，内部矛盾，办谁都是伤。

　　蔡葵秋由此更信还蚨说的是实情。问题落到谷腴瘦母子身上，的确是块烫手山芋，就说自己试试看。可看着呆警官几近逃离的背影，蔡葵秋发愁了，自己有什么办法，连两个女人都摆不平，还应付谷胲瘦？怕都怕死了。

还是那句话：怕啥来啥。谷胲瘦打来电话，问还蚨早上是否找过你？

是？还是不是？他和还蚨事先没统一口径，只得搬出老伎俩，满嘴搅舌头，说来是来过，打过照面就走啦。啊，也就小半袋烟工夫，风风火火，说有好多好多私事要办，就，啊，就那个了……

"一对神经病！""啪"的一声挂断电话，估计全市也就谷胲瘦家还留恋座机。

"噢，表哥，差点忘啦，昨买菜手机钱不够，欠店家5毛钱呢。"重渊想起这事，瞪瞪蔡葵秋说，并说把自己退休金取来吧，半年攒了好几千呢，搁着也是搁着，没啥利息，心想总不能白吃白喝。

蔡葵秋若无其事地说，物价直蹿，充个千儿八百的出门，西嘟花嘟就刷光了。以前花钱，都由薪荛支应，可现在她……

蔡葵秋想起妻子，失踪失联没靠实下落。他打开手机，却不知跟谁打。对！呆警官说过，过24小时就可以报案。

推出"小宝马"，蔡葵秋见物生情，更加思念薪荛。报案？跑哪报？连人家门向哪开都不知道，还是咨询呆警官吧，最好请他陪自己跑趟。

来电话啦，燮一熙？

"你昨天不是不接我电话吗？怎着？有钱人就这么牛？城里人就这么牛？说吧，是不是为我老婆这事？是不是后悔了？是不是……"蔡葵秋这两天心火旺，嘴唇烫裂几道血皴。

"薪荛在我家！"电话那头却压得很稳，挂了。蔡葵秋抱着手机，心火被淬成冰块。

果真如自己所料，或说预感，可预感成为现实，他蔡葵秋就没啥主意。他想这是个活脱脱的阴谋，燮一熙有钱，主谋，拿身边人跟自己下套。谷腴瘦、骊书记、重渊，甚至连杲警官。

退休金的事，蔡葵秋没说取也没说不取，重渊自讨没趣，默默地退进厨房烧饭；蔡葵秋拿充满血丝的双眼，怒视越见萎缩的背影，心想，现在你可高兴呐，女人挤兑女人，这游戏好玩吗？

他从后裤兜掏出一团纸包的东西，使劲捻碎剩余药片，顺手扔进垃圾桶，莫名其妙地飞起右脚，将之重重地踢向大樟树。"噗嗤"一声，包子冷不丁从树杈俯冲下来，弄乱已闲置两个来月的狗窝，转身蹿上墙头，惊魂未定地回视主人。

那顿饭，甲板板眼和田宅宫肿皮眼，这两词还是做夫妻时俩挤兑才用，偶尔相对，偶尔相错，吃得很乏味。藕片炒猪片、黄瓜炒木耳、土豆丝炒红萝卜，全凉了；唯独黄米粥，被吃个精光，端详着老式沙枣木碗，蔡葵秋想起老娘，当年在日本人投降撤离后从炮台上捡的。蔡葵秋看上重渊就冲着这碗粥，结果跟她喝了整整十年，也时常犯瘾。

所以，令蔡葵秋能提起话题的就是这碗粥，说跟以前的不大对味，是不是没熬透？黄是黄但满嘴腥味。重渊说，打了只鸡蛋，树下柴窝里捡的。蔡葵秋说，家里没养鸡，哪来的？

"啊！蛇蛋，肯定是蛇蛋！树上滚下的。"蔡葵秋忽地跳起来，跑向大樟树下，扼住咽喉拼命呕，吐得满窝尽是赤橙黄绿青蓝紫。

"可能又要出事，出大事呐！"蔡葵秋心里萌生出如此预感，转身看看重渊，本就清瘦的身子靠在门槛瑟瑟发抖，越加萎缩得可怜。他捏得咯咯作响的拳头，摊张成烙饼。这事怨不得重渊，怨薪荛。第三次见到"竹叶青"挂树上，薪荛就开玩笑地说，"小青"攀树上是冲自个来的，怕姐姐遭孤受欺，打抱不平，人世间，照例有数不清的"白素贞"。

对门婆婆昨天跑市场淘了只大公鸡，卖鸡的说是从土耳其进的。天蒙蒙亮破嗓门的打鸣声把蔡葵秋从噩梦中惊醒：他赤脚走在梧楸南街，嗖嗖嗖打背后蹿出无数条沙枣木碗口粗的巨蛇，穷追不舍，全是"竹叶青"……

吃蛇蛋，你蔡葵秋算造了孽债，债主追债，天经地义！

胃吐空了现在反倒好受些，他慢慢收回意识，慢慢回忆起昨晚做了些什么：先半哄半陪重渊睡着就退出屋子，自己明白眼前关系，尽管缠成了团，还是隔层膜妥当；接着自己和衣坐靠在玄关冷墙，他已习惯了睡玄关。

薪荛不在，就不操心早餐。伸过懒腰，打过呵欠，再瞥眼大樟树下那堆狗窝，蔡葵秋开门得上片儿去，后面却追来了重渊，嚅嚅地说："表哥，带上我，在家怕！"

本想发火，说你睡你的，跟我干吗去？拿扫把还是……但见重渊衣衫单薄，踩着门槛，忍忍说等等。几分钟后，他拿件米黄色风衣给重渊披上，只露出脚尖，薪荛压箱底几年了。

一前一后走在通往片儿的人民路，蔡葵秋跟后面说，你也算上五十的"中国大妈"了，咋越老越不像"大妈"，处处时时依着人，丢了魂啊！还不如跟她们跳跳广场舞、练练健身操，省得整天在家闷得慌，滋事。

支应重渊去健身场，昨天旷工今早补，蔡葵秋直忙到太阳老高。高挑大妈说："风衣大姐"有点怪，刚才见我儿子，就直管"小器""小器"地叫着追，追来追去，这不，拐西甄山那头去了。

37

　　说出事就出事！蔡葵秋扔下扫把赶过去，老远见重渊擦拂小器墓碑，呜呜哀哀。几天前重渊就嚷嚷着要看儿子，只是蔡葵秋劝说，过些天临到儿子七七祭日再说，担心她触景生情，再受刺激，没想到她还是来了。

　　蔡葵秋也只能应了她，然后半拽半劝，以至随嘴说趁年轻，回去努力下，咱还可以生娃，还叫"小器"。岂不知，重渊有了精神，打这后，晚上腻着他，白天追着他，张口闭口要小器。蔡葵秋后悔加明白，有些承诺，代价太大，实现不了的打死也不能应承。

　　谷腴瘦终于出现在蔡家门口，断了近两个月的身影，略显伶仃，说是来向蔡家赔不是的。寻常盛气凌人的女人，蔡葵秋就没指望她来服软。可她来了，而且还毕恭毕敬。看到对方脸色憔悴，蔡葵秋，敲定这回要铁石心肠的，却反被彻底瓦解了木头男人的自尊心。

　　谷腴瘦说，还蚨承认他自己拿那款"二扣四环"与女姥姥做了笔交易。这娃怕兜不住了，但"二扣四环"已被女姥姥戴进棺材。咋好证实？唯有的办法就是，掘墓开棺！

掘墓开棺？连貔貅都干不出的黑腥事。

她对儿子很失望，家贼难防，家贼难防呀！现在母子关系冷到冰点，她想登报，跟半个儿子撇清关系，但又怕被人耻笑她绝情。"半个儿子"意思很明白，试管婴儿。儿子逼问她多次。没爹归没爹，但毕竟50%流淌着自己的血，娘是亲的，还能咋的？

问及她那"死党"薪莸，才知已投奔"前夫"，气死蔡葵秋乐死谷腴瘦。谷腴瘦心想，目的总算达到了，自己还没动手，她倒好，帮人帮到家，人世间还真有成人之美之人。她目光跨过蔡葵秋双肩，侧视正倚门槛满怀戒心的重渊，不恨不爱没感觉。

"那得走趟吧！"谷腴瘦整理一下思绪，又恢复了硕气凌人的口气："明天，对，就明天。我来接你，杭州这趟非跑不可！"

这也正中蔡葵秋下怀，他本想跑这趟的，但眼下坐公交车不方便更不安全。再说，她呢？重渊托付给谁照管？沉甸甸的老拖油瓶呐。

"明天早上7:56从你这出发，上服务区吃早点。"谷腴瘦转身间甩出这句话，这时辰不靠前不靠后，择时间有她的讲究，估计查了百度，宜出行。

"表哥，我也要去！"重渊果然发话了。蔡葵秋料到她会这样，把她独独撇家里，自从知道樟树上有蛇，她怕；可现在，她多了份心思，对另个女人的排斥。他低声嘟囔了句"跟屁精！神经病！"甩开重渊伸来的手，无意间打掉她的风衣，兀自朝屋里走去。

重渊的身子显得越加单薄瘦小，她两臂紧抱胸前，开始颤抖。而发生在女人身上的这些细微变化，蔡葵秋压根没注意或即使注意也没当回事。他今天要做的事还多着呢，他首先得找女人，他想到骊书记，想到对门婆婆，想到他尽可能想到的女人来绊住她，这时才发现，自己这辈子身边没几个女人，他不得不指望那群"中国大妈"了。

约莫五更时分，隐隐感觉有拖鞋从身边划过，开门声将蔡葵秋从玄关揪起。他开灯转身，前半间床是空的，后半间床也是空的。

重渊跑了！

蔡葵秋赶紧从"不施闲"取下风衣，来不及多想，飞也似的扑出街门，见有根柳树般粗细的瘦小黑影朝东移动。

"重渊，你往哪跑？重渊，你给我站住！"蔡葵秋六根紧锁，遍身四十三对神经高度紧张，由于骨质增生越来越打跛的腿脚，此刻全无障碍，追着"影子"淹没在已显浅亮的夜幕中……

没有丝毫犹豫，"影子"朝四姑娘井跳下去，跳得那样自然，并非像拍电影拍电视剧那样，表演得藕断丝连、寻天问地、让世界铭记自己。

"呆警官吗？快来救人呐，四姑娘井！"蔡葵秋管不了那么多，抓起手机就拨。

"还蚨吗？快来救人呐，四姑娘井！"蔡葵秋接着拨，只找男的。

"水老板，快来救人呐，四姑娘井！"蔡葵秋知道自己骨架大下不去，拨弄通讯录拼命搜。

……

约莫抽根烟工夫，六七个身影赶到四姑娘井，打手电筒的，开手机的，这时东方已现出鱼肚白。好在井内结构简单，呆警官指派说，还蚨单瘦，不会卡多少，这样揽腰扎了绳索，被慢慢放了下去。

吃水的人少，井水反倒不见涨，仅仅齐腰深浅。在众人帮助下，重渊被拖出井口，呆若木鸡，瑟瑟发抖。蔡葵秋顾不得说声谢谢，拿风衣裹了女人，转身抱起来就跑，边跑边哭，边跑边骂，边跑边哄；也越跑越腿软，最终软软地倒在家门口。

待谷腴瘦赶到时，天已大亮，看过重渊，说没啥大碍，人受了惊吓，盗汗又遇冷水，得多睡几天。她委嘱蔡葵秋等上班跑医院开些药，若挪不开步，电话叫医生过来诊诊。说到这，她想了想，说还是自己打电话靠得住。那医生是她徒弟，好说话。

　　待这边安顿好，早过了"宜出行"时间，但谷腴瘦边发车边说，迟就迟点，人要紧。没走几步又探出脑袋问还有啥交代的？蔡葵秋心想交代啥？只要把薪莞领回来就行。至于领回来，两个女人同在屋檐下，哪个低头哪个抬头，蔡葵秋坐在大樟树下狗窝上，只管揉腿，依旧没啥主意。

　　女医生应约来蔡家，看过重渊，打针配药，说这种病打针吃药虽管用，但还是要看情绪。你们家属多陪陪病人，避免受什么刺激，病在养，精神上的病也是病，更要养。

　　这头安顿停当，蔡葵秋退出屋子，把心绪转换到谷腴瘦那头。算算时间她该到杭州，该见着薪莞了吧，说好打电话回来，是好是赖总得给个准信吧。看看屋里，把手机调成振动，蔡葵秋打过去，被挂了；再打过去，又被挂了。这让蔡葵秋焦急加愤怒，满脑子开始打转转：燮一熙挂我的，谷腴瘦挂我的，绝对男盗女娼，阴谋好了的。

　　"才从产房出来嘛，恭喜！"谷腴瘦似乎将全身肉全搋脸上，捂着手机却又禁不住调高嗓门："是个团团，五斤二两，母子平安。我接生过的高龄妈妈有十多位，薪莞最棒了。你这晚来的造化……嗯，挂了挂了，薪莞出来啦！"

　　蔡葵秋本想让把手机递过去，跟妻子说句或辛苦或感谢的话，却被剥夺了这样的机会，满怀兴奋与失望。自己当了爹却被抛弃在数百公里之外，他内心升腾起不祥之兆。

　　谷腴瘦当天赶回D城，直接回了还麾宫，很晚打电话给蔡葵秋，七七八八讲了下薪莞离开蔡家后的情况。说当初离开蔡家，车过了钱塘江大桥肚子就隐隐作痛，满脸满身冒虚汗，被司机直接送进医院，整车人陪着去了。薪莛是在薪莛住定后托护士打去电话的。要办住院手续；要做常规检查；要缴费；要家属签字；要陪床；要……孕妇最需要人的时候你在哪？

谷腴瘦最后压低声音，很是严肃地说，主治医生姓宫，跟自己关系不错，姊妹医院交流多。宫大夫说，薪莛血液里含有微量米非司酮成分，很奇怪，也很危险。说孩子早产除孕妇高龄，药物促流是主因。亏你们能干得出，药是谁下的？幸亏微量，再下重点，指不定就闹出人命啦！

蔡葵秋听着听着沁出满身冷汗，心说还用问吗？就在屋里躺着呢。

"那头算是平安着，有人操心，我看人家心操得比你还周到。有些话电话里不好讲，我好累这天跑的，洗个澡赶紧睡，有些话等明后天缓过神来我会找你谈。"挂的是谷家座机。

谷腴瘦的确很累，但目的达到了高兴，两者对冲，内心还算平静。燮一熙亲口讲的，她那个省级荣誉保住了，工作业绩不能否定，丁是丁、卯是卯，功过是非不能混。何况医教口里全省统共就那么几个。她明后天要给蔡葵秋带的话分两头说。先是代薪莛的，要跟他离婚，等出院满月后，或待身体有所恢复，但最迟迟不过春节；其次代燮一熙的，要娶薪莛为妻，或说娶回本该是自己的女人，为此付给蔡葵秋五十万作为补偿金。而孩子，当然由燮家抚养，至于姓蔡还是姓燮，母亲说了算。

两句话，哪句都是砣，连谷腴瘦本人，也实难承受。但受人之托，说是命托，她只好硬着头皮当传话筒。她幡然醒悟，意识到混了大半辈子，越混越累，全累在自导自演的配角中，最大的跟斗莫过于栽进"颜雏贪腐案"中，还算有惊无险，降职留用，不知算哪级处分。

38

重渊看过医生，因受寒感冒发烧。蔡葵秋寸步不离地陪在身边，拿热毛巾给敷脑门提汗。有蔡葵秋在身边，重渊情绪稳定多了，渐渐睡去。听说这样的睡姿，象征入梦人正跑向栩栩园去捉蝴蝶玩，该是多么开心呐！

投井？旧制度威逼下的女人才走的绝路，竟在21世纪，竟在蔡家重演！悲剧啊！丢人呐！因惦记病人，清早蔡葵秋跑片区儿上稍做应付就往回赶，路上射来无数双眼睛，像刀像剑，扎得蔡葵秋满身创伤，余生只有赎罪自愈的份。

午饭间，有陌生电话打进，蔡葵秋挂了；又打进，又挂了。他怕影响重渊，她现在对电话很敏感，怕医院来电，烦薪莞来电；第三次来电则在他调好静音后。

"没事，本地短号，可能打错了，好好吃饭呐。"蔡葵秋对重渊解释道，为消除疑虑，还将机屏举过去，但心里揪着，事不过三，找自己有事。

"请问您就是蔡先生吗？"对方满口普通话，很规范，是个女的，说这边是胡氏律师事务所新来的律师助理，姓书。接着核实姓名及必要信息，最后解释道，本所有份女婍婍的生前委托书，需要办理，若您下午有空，双方约谈下。

既然对方提到女娪娪，有鼻子有眼，想必不是诈骗。女娪娪临终跟"老公"交代过，这辈子没结过婚，无儿无女，走得轻松但也孤单，寻常也就算了，但百日这天，她想讨口饭吃，蔡葵秋当面应承好的。今天有人重提这事，不会是巧合吧。

对接事宜就选在迥鑢桥上进行，蔡葵秋说家里有人不方便。

书助理说，胡律师恰好出国考察。当初在办理女娪娪女士房产赠予手续时，顺带办了另款私人委托事务。书助理说着拿出几页材料，落脚处有女娪娪娟秀的签字及红手印，手掌粗自然拇戳也大。意思简洁明了，在其离世百日祭时，有款镯子委托胡律师转交蔡葵秋先生，作为对"丈夫"的馈赠。书助理笑笑说，当初女女士生怕当面赠予你不接受，所以以法律委托形式代办，你只得接受。

打开红布，露出那款橙绿色镯子，正是当初自己从垃圾桶里捡到的那款。原来，这就是谷胰瘦念念切切的"二扣四环"？原来谷胰瘦约自己在 UESE 喝咖啡时，就在为捞回所丢失的藏宝与自己兜圈子？那你直说不就得了。薪莞寄存你家的那款镯子，不就是从你家流出去的？还假惺惺地说："那镯子先搁我这，我垫付你三万五应急。你若不同意，权当拾金不昧的奖励总行吧。然后帮你打探失主，我毕竟比你好通融。"

"拿着啥？哟，这么好看，像个镯子。"重渊不知啥时候已站自己身后，现说现伸手要抢，被蔡葵秋拦住。

"小祖宗，这'老祖宗'可碰不得，更动不得呐。"要搁往常，蔡葵秋早吼上了，但对重渊，他说话做事得十分谨慎。他灵机一动，顺手拉过重渊，请算命先生给算算，算什么都行，而自己却抽身先回了。

蔡葵秋拉开黄花梨五斗柜，翻出旱烟袋，款款地将之装进去拉紧口绳。这只烟袋，装过"二扣四环"，装过"重"字镯子，装过"新"字镯子，现在又装"二扣四环"。原来，这世界本身就是个圆，就是个镯子，走着走着就回来啦！

"表哥，我算过了，等到了兔年咱家就顺畅了，有贵人相助哩。"重渊不知真算过还是说了谎，没几分钟就跟了回来。蔡葵秋只管"嗯嗯"着支应，特意给抽屉加了把母子锁。

"贵人相助，贵人相助，哈哈哈，哈哈哈哈……"蔡葵秋忍不住狂笑起来，笑得那样苦涩，那样无奈，却又那样解脱，解脱得老泪横秋，把看世界的视角遮蔽成多层重叠：美的、丑的，善的、恶的，真的、假的……

"表哥，你咋还哭上了？"因为自认识蔡葵秋，多少年来，重渊从没见过表哥哭，她眼里最有担当的男人，与眼泪无缘。即使儿子走了，他也没掉下半滴泪水。为此重渊怀疑曾经的丈夫心里是否有怜悯，是否有亲情。但后来，她发现自己错怪了这个男人，他就是她眼中的真男人。而这样的男人，怜悯的东西太多太贪，就容易将亲情给遮蔽了，淡漠了。

"哦，没事没事，刚才呐，刮风，呛着了。"蔡葵秋打起马虎眼，又呵呵呵连笑三声，扶重渊进屋，说起风了，该披件风衣，我家小姐的身子骨金贵着呐。"双11"快到了，带你浪金泰城去。早上对门婆婆说，待会过来浪浪，她把"逛逛""聊天"都叫"浪浪"，北方婆婆真有趣。

有婆婆陪重渊聊天，蔡葵秋放心。他趁势推出薪莞的"小宝马"，今天要给女娆娆"敬百日"。他跑门口副食店，匆匆选中几样水果；跑香火店顺手提套祭品；瞅见花圈旁的黑相框，他忽然想到婚纱照，得拿上。他听两位自称熬过来的"中国大妈"说，像"劳模"这样"两地分居"的，最好"当面锣对门鼓"，像得烧掉；噢，女娆娆亲口委嘱过，她最爱吃金华酥饼，得给，跑解放街？虽有故事但他来不及寻思，太阳不等人。清明冬至西甄山上严禁燃放烟火，但寻常人少，偷偷弄下就走，不招风，安全。怀着如此侥幸心理，他似乎看到，有个胖乎乎的影子正盘坐山顶，那庞好看的"西"字脸正朝这边张望。

下山路轻，蔡葵秋看着在坟头被撕剪出占照片不到三分之一位置的自己，忽然想起该给儿子起个名字。脑洞大开，蹦出的尽是美妙好听的字眼，什么"警"呀，什么"诗"呀，什么"豪"呀，什么"权"呀，什么什么的，但感觉全在自己想要表达的那个"点"周边环绕着盘旋着，忽远忽近，忽近忽远……

"大叔，闯红灯了，请靠路边停下！"两双"白手套"抓车的抓车，搡人的搡人，并冲路边警车亭喊了声："小石，查下车牌号00019！"

蔡葵秋连连说"自己错了自己错了"。

"大哥您好！请问您知道您错在哪儿？"坐警车里的女交警，用满口柔和好听的普通话问他；他只得满嘴胡诌，说闯了斑马线；车没让人；醉驾？没有；带人？没有；对，没戴头盔；色盲？对，红黄蓝绿辨不清，同一个色，同一个色。

女交警忍不住笑了，拿左手指捂捂嘴，露出淡绿色镯子，说闯红灯这条就够罚您的，您看您都蹿路中央了，多危险啦！新规来了，年后不准上路。大爷您啦，都这岁数了，像打过鸡血，这飚得太快了！

蔡葵秋越听越糊涂。满嘴"大哥""大叔""大爷"地叫，反弄得蔡葵秋"噗嗤"笑出声。现在孩子生得少，咋就乱了辈分？自家对门那位也这般没大没小。

经批评教育，蔡葵秋认错态度好，办过必要处罚手续后，才被放行。

"小宝马"没跑两步，蔡葵秋想起什么，刹车扭头，瞥了眼警车亭侧身那幅褪了色的淡红绸缎标语"学骊丽、担使命、护航生命长廊！"

蔡葵秋盯着车轮，两眼渐渐生出幻觉：车轮下躺着一躯躯尸首，一个个灵魂，在呐喊，鸣冤叫屈……那是三弟夫妇，那是骊丽，那是似曾相识的另一条生命，自己就是肇事者！就是杀人犯！就是逍遥法外的逃逸者！

蔡葵秋周身发抖，血浆凝固，胸口窝沁出成片凉汗。

"大爷，您没事吧？"好听的普通话将他拽回半现实半幻觉中："没事您早点回去，快吃晚饭喽！"

于是，他就在混混沌沌的意识中任由车轮滚动。

"大哥，大哥，等等等等呀！"听到有人叫喊，蔡葵秋抬头环顾，竟不知早已拐进解放街，撞到金华酥饼店窗口。女子半截身子够出窗口，惊笑不止，因笑而让嘴唇右下角溅出深深的梨涡。

蔡葵秋脸色泛红，又闯女人街啦！但他连遮掩的理由都找不到，只得嘿嘿傻笑。

"大叔啦，早就想找你，这辈子得好好谢谢您才是！""梨涡"手指街南，说："您看，那光景，闪电呀打雷呀，半条街都烧了。那些店铺，说没就没了，等保险公司评估理赔呢。"

蔡葵秋抬头望去，半条街烟熏火燎，满目疮痍。这两天没看新闻，可也没听"中国大妈"讲过……

39

"那火球，咕噜咕噜滚到这就扎死窝子，齐刷刷没了，你说怪不怪？""梨涡"仍旧惊魂未定，梗长脖颈绘声绘色，猛地拍下窗台："想了一夜才弄明白，是大叔您那镯子救了我。"

"梨涡"说着拿出事先准备好的大红包，拐出铺子，边塞边说："破财消灾，知恩图报，您得收下，别推辞喽。"

不容分说，大红包已塞蔡葵秋手里，"梨涡"顺手推了把"小宝马"。

蔡葵秋右手开车，左手紧攥大红包，嚼味刚才的所见所闻，不得其解。

蔡葵秋疑惑，街门是带锁的，出门前还特意朝卧室瞥过，呼噜呼噜声扯得又细又长。现街门半敞半闭，另一个大活人杵在院子中央，莫非来了捷疾鬼不成？悠长灌耳的呼噜声打卧屋传出，虽不及薪莞那般清香有韵，但也足以令蔡葵秋放心。他疾步进屋，转而又疾步出门，正好将谷腴瘦堵在门口，捏腔捏调地说，正好，你有事我也有事，那款"二扣四环"回来了，接住！

"不是，不是。不是女姽婳戴走了吗？"谷腴瘦不敢相信，抬头挑一眼蔡葵秋，接过烟袋急燎燎地解扣，内心充满恐惧，从阳间到阴间，再回到阳间，这镯子经历了怎样的凤凰涅槃！

"回家问你儿子呐，看他咋跟你打圆场。"蔡葵秋说话同样不冷不热，接着说："看仔细喽，这可不是赝品呐！"

话不投机，本来双方都冲着事情来的，还物就还物，传话就传话，任何附加都可能引发冲突，毕竟双方都满怀着冤怨：从蔡葵秋讲，我妻子为你捐骨髓分文未取，只为交你这个闺蜜，噢，就因那款镯子是赝品，就断然断了交情，还满嘴"两肋插刀"呢，救命之恩就这么轻？虚伪啊！从谷腴瘦讲，你老蔡天底下最贱，领回个十年前就抛弃了你的老女人，捧着养着，我妹妹哪头不好？挺着七个月的身孕被你给硬生生轰出门，还敢下药……

"不是五百万吗？咋成了五十万？诳爹们不成？骗子！天底下最卑鄙无耻的超级大骗子！"听谷腴瘦刚转述到姓燮的愿支付这笔补偿金，蔡葵秋就压不住心中怒火，手舞足蹈，歇斯底里地满院子疯跑。

奸商、贼商、道德沦丧。我要上法院告你，勾了小二偷小三，呵呵，连孕妇也不放过；新薪尧？也不是好人，哼，孩子给养大了，过河拆桥，把老子给踹了，女陈世美，还不如那条柴狗呐。老天爷啊，还讲不讲公道？苍天呐，大地呐，虚伪呐！这人世间啊……呵呵呵！

蔡葵秋呼天号地，几近疯癫，没跑过几圈，已脱得只剩条大裤衩。

谷腴瘦尽管料想到对方反应过激，却不承想过激得如此强烈，在杭州她就对燮一熙如此报价提出过异议甚至抗议。但姓燮的说，既然薪尧已投靠自己，这五十万，足了。然后压低声音说，你那头的事情，不还得颇费周折吗？

谷腴瘦听到这就不再言语。她专程赶来见燮一熙，不正有求于此吗？

老婆被拐，伤的是男人筋骨，不暴躁？何止是暴躁，简直是男人的无能，丈夫的耻辱！跑社会上混，在男人堆里待，情何以堪忍哪！

谷腴瘦翕动两片玫瑰红嘴唇，悄悄退出街门，悄悄转身，疾速向路南边赶去。她特意将车子停泊在荒宅子处，该代的话，重点已讲清，剩下的交由当事双方协商去，与自己无关。感情这码事，最难处理，她理解新薪莞，理解燮一熙，也理解蔡葵秋，但至此无法理解她自己。这辈子与感情沾亲带故缠得太死太累，落到这般惨局，不怨天不恨地，怨恨事事太在意。

骂声依然从身后传来，除了歇斯底里，还是歇斯底里。

蔡家阵仗大，惊动了左邻右舍，好在上班的多守家的少。对门婆婆凑过来，越看越糊涂，就笤帚簸箕地乱扫一通；重渊被吵醒，惊弓之鸟般缩在门拐角，睡衣越抖越厉害，眼看着从"不施闲"上滑下来。

"疯呀，癫呀，有本事把遮羞布扯掉算了。瞧你那怂形样！跟女人甩大刀耍威风，算哪路本事！"婆婆劝说无效，火冒天庭，伸手侧指重渊，搬出当妇联主任用过的昏招骂将起来："尿（suī）股子男人，在俺村子怕早让尿（niào）给淹死了，还不嫌羞八辈子先人，胡折腾……"

听到"女人"二字，蔡葵秋幡然回过神来，像泄了气的皮球，提起裤子扑向重渊，捡起睡衣披女人身上，连推带抱弄她进室。至于婆婆满嘴骂些什么，他倒无所谓，反正半懂不懂。

"城里男人咋都这德性，损不损啊把自个矫情的，也不搁秤上称称几斤几两肉。啧啧！"见蔡葵秋收敛了野性，婆婆不死心地冲屋里补了句"'屋里的'才是自家的，别糟践啦！"

听听再没了动静，婆婆转身甩开脚板，不忘把蔡家街门给拉紧。

"妈哟，大清早跑人家家里干吗呢？"儿媳妇有些嗔责，显得很无奈，学了婆婆腔调嘟囔着："还当你们乡下呢。"

但到拐弯处突然急刹车，儿媳妇侧出脑袋，崩起两道美人筋："我说妈哟，帮我问下，他家那张黄花梨五斗柜卖不卖？"

重渊上身颤抖不止，吓坏了蔡葵秋。半小时后，他才无奈地给医生打电话求助，那头随口交代如何如何是好，现正忙，照着做就是了。遵医嘱直忙到下午，病人身体和情绪才稳定下来。他吁口气，起身到厨房烧点吃的，待会重渊醒来肯定喊饿。

蔡葵秋现在没了饿的感觉，全身捏哪哪痛，戳哪哪不舒服，像只等死的耗子。

医生接连几天都来问诊，说负责荒宅子那头做检查，顺路。其实蔡葵秋知道，人家还不是罩着师娘面子，谷腴瘦着实安顿过。现在，他又念叨起"女巫婆"的好来。

蔡葵秋这几天早晚都得赶片区儿去。市里说借"双11"整顿市容迎元旦，抓环卫是关键。这样，还得麻烦对门婆婆过来作陪；婆婆也乐意，说城里男人肚肠宽，那样挨骂都不计恨。

蔡葵秋忽然发现，从"中国大妈"舌根下能蹦出些七七八八的掌故，如商城那片儿在旧社会很荒野，阴气很重，专门拿来埋饿死鬼的，等等，全是张王李赵家那些陈芝麻滥谷子，听着新鲜。只是，他哪有如此闲情逸致。但今天听说，小杳母亲前天走了，今天发丧，就埋在西甄山，离商城那片不远。

蔡葵秋长长吁口气，老人算解脱还是超度？说话间，西甄山那头已传来零零碎碎的唢呐声，三三两两的送丧队伍慢慢往前挪动；小杳身披重孝，陪扶灵车，偶有哭噎，已是伤心至极的情状。

蔡葵秋远远地杵在入园口，不忍过去。他想到自己的至亲：父母亲、三弟夫妇、儿子小器，全在那，在令人牵肠挂肚的天堂。入口出口，正是阴阳两界的玄关口。

　　"大叔！"返回陵园出口，小杳默默雀雀转身打招呼，两眼红肿。蔡葵秋轻拍对方右肩，喉头被堵得无言以对，哽噎是他唯有的表达方式。

40

　　小杳突然抓住蔡葵秋双手，声音颤颤巍巍，说有话窝心里好几年了，老娘老病缠得腾不开手脚。上回从水老板手里接过那笔钱，一万五，给老娘看病、买公墓，全花光了。知道镯子是大叔您的，很羞愧。老娘撒手走了，自己腾出手得赚钱，连本带息，都得还上，娘走时交代过。说到动情处竟悲哀叠加，涕泗横流，"扑通"双膝下跪，连连磕头。

　　蔡葵秋看看对方，不知如何是好。下跪，未必不是人这辈子最好的忏悔方式，不到万不得已男人是不会行跪的，男儿膝下有黄金。他理解了对方。这辈子哄女人还行，哄男人？他差远了。再说，男人用得着哄吗？他自顾转身朝山下走去。

　　大老远就见婆婆探头探脑，蔡葵秋紧赶几步，快到午饭时间，误了人家。可婆婆腿走嘴不走："重渊可是千里挑万里找，在俺村，村主任家才有这造化。俺这盘黄花菜，当年可是跟头轱辘有人抢呢，啧啧……"

　　不等这头关门，婆婆又折回几步，说差点忘了，俺媳妇瞧上你家五斗柜，说你肯让，她就买了。乖乖，都快散架子了，放俺乡下怕早就劈柴烧炕了。城里人钱多烧的咋着？

蔡葵秋笑笑，说河东三十年，现在河西啦，乡下人比城里人富。那柜子是黄花梨，有年头，越陈越值钱。你让她过来吧。

"这是母子柜。瞧，底下有卯。嗯，岛柜在哪？噢，岛柜就是母柜，下座那部分。"说曹操曹操到，对门媳妇直接将车停在蔡家门口，赶回家吃午饭的。见物如见宝，她迫不及待却又留有余地地跟蔡葵秋讨价还价，最后以五十万敲定。蔡葵秋又是一阵窃喜！

"我说大哥啦，你这柜子应该还有个岛柜吧。"对门媳妇边敲柜子边继续说。

"岛柜？"蔡葵秋忽然想到骊书记正冲这认亲的，想必留她家了。对门媳妇要来手机号，挽了婆婆胳膊，连连点头称谢。

当天下午，骊书记匆匆上门，没好气地说："小蔡啦，我妹妹的嫁妆你也敢动？你知道不？新家祖传属婚前不动产，你无权处置。民法典第一千零六十三条明文规定。平常不懂法还不学法，怎么得了啊你们这些人！"

在骊书记面前，蔡葵秋气短理亏，惯常了是是是地点头；自我矮化，即使占理也不知争辩，或说不会，更是不敢。自从给自己戴过大红花，骊书记的形象始终耸立在蔡葵秋内心的制高点上，从没被质疑也无力撼动，即使如今披上了这层关系。

"小蔡呀，我说几句不中听的话。"骊书记侧睁屋内，两手叉腰："你这就不占理了，你是有婚史的男人，屋里有女人，可你偏偏把她接进来，吃着碗里看着锅里。你说说，蔡家多大锅几双筷你心里没底？你几斤几两本事没掂量掂量？为这个女人把那个女人撵走，丈夫不想做，父亲不想当。哼，一推六二五，这叫什么？叫推卸责任。你给我的印象原来都是假的，算我看错人帮错忙了。噢，法律方面会有人找你接洽。我只跟你说道说道。"

"我没撵她……我想做丈夫……我想当爸爸……我……"蔡

葵秋本能地辩解着，糯糯地抬起头，却早已不见了骊书记踪影。

骊书记说得没错，关于法律问题，昨天呆警官已跟自己通报过。呆警官说，薪尧阿姨托燮一熙打电话给他，就投放堕胎药之事正式提起民事诉讼，托他代理。并说离婚之事若私下解决不了，将走法律程序。先征求您的意见或尊重您的选择。这里涉及好几条罪状，譬如"家庭暴力罪""故意伤害罪""重婚罪""吞噬他人财产罪"等，跟大叔说明白点，反正就这几点意思。拿这些起诉您，估计您胜算不大。往更坏处走，您可能还受牢狱之苦。若走法律程序，您得请律师；若走民事调解，您也做好准备。总而言之，这事您弄得有点麻烦。

五十万的馅饼本以为从天而降，妥妥地砸进自己钱袋子里，却想不到在蔡葵秋心里砸出了坑，砸痛了他才意识到，馅饼越香，陷阱越深。他着实怀疑，自打薪尧进门，五斗柜就是给他挖的陷阱，过去十多年跳来跳去，越跳越深，深陷泥潭，不能自拔！

于是，他又心疼起重渊来，想她那碗黄米粥。几天来遵医嘱服药，再加上听对门婆婆说东唠西，重渊身心恢复得很快，关灯时顺嘴问他，想吃黄米粥不？早餐她烧。真是心有灵犀哦！

从片区儿回来赶时间，带重渊逛金泰城的应承不好再落空，陪她到路边 ATM 机取了退休金；捂着透出浓烈墨香味的钱夹，重渊同样焐暖那颗曾被冷落的心，这油味，闻着舒服！

这钱，是为明天"双 11"给重渊买秋装准备的。重渊说可能下雨；蔡葵秋说，许下的事，下刀子也得做，再拖我还算男人不？

逛金泰城坐轻轨既便宜又便捷，车站设在荒宅子往南约五百米处，步行几步上车的事。自入春开通，见天轰隆隆轰隆隆，蔡葵秋愣没陪女人们感受下。

金泰城很大。记得开张那天，所有商品六七折促销。薪莞带自己来过，说为跳鬼步舞选裙装，四个女人商量好的，同种款式四种颜色。转眼物是人非，他带重渊来，说不上啥滋味。

跑这鬼地方消费，对蔡葵秋来说，绝对是人生大错！看眼标价签就冒虚汗，自尊心伤得稀碎，退到超市入口摊点给重渊挑了款淡青色三件套，钱夹就被掏掉对半，心疼得重渊直龇牙。

"快看，快看喽！"随着时尚达人惊诧的尖叫声，从巨型电视屏里传出蔡葵秋最熟悉的《蓝色天梦》舞曲，四个女人出场跳起鬼步舞，音乐感强，节奏感强，画面感强，全衬托在四色雪纺裙上，随女人飘逸的舞姿而越加动感美丽，瞬间吸引了半个购物场。商家借势造势，为其服装做广告宣传。

最吸引蔡葵秋的，是那款黄色雪纺裙，是薪莞在跳！当时已三个月身孕，为上镜头，她狠心束腰，事后直念叨胎儿是否受影响呢。

薪莞上了屏幕，与卸妆后的样子还是有所区别。在南山跳健身舞的那位高挑妈妈惊叫起来，说穿黄裙子的，太像坂井泉水啦！简直神了，莫非日本歌后生前来过D城不成？瞧那背景，不就是黉门广场嘛！

于是，现场有人打开人肉搜索，竟将四个女人的身份全部调了出来，首当其冲的当数新薪莞！这样搞，全然背离了商家初衷，他们赶忙调换内容，才使这场意外得以平息。

重渊不见了！

短信不回，电话不接，问左右全都摇头摆手，求助超市广播也没用。蔡葵秋疯了似的满楼层跑，像梳子梳过每家租铺。接近晚饭时分，整个超市都在为各自那口饭张罗起来，蔡葵秋独独坐在电梯口，边揉腿边划拉手机，或电话或短信。丢了重渊，他跟谁都可以交代，就等于跟谁都没法交代。

手机响了，还蚨打来的，问大爹在哪？他正陪重渊阿姨往回走，已坐上轻轨，外面好大雨。阿姨好像病了，是送回家还是直接走医院？

蔡葵秋正想向呆警官求助，每每遇难，他就是自己的救命稻草。

"先回家，先回家，到家再说！"挂了还蚨电话，蔡葵秋冲出金泰，直奔轻轨站口；雨，劈头盖脸地砸向自己。

还蚨说，穗穗做梦想吃五毒饼，只有金泰食客天下手工现做现卖，今天周六逃个早班，本想赶去买了寄的，结果刚到就在入口处撞上重渊阿姨，见她神志不清，念念叨叨直叫表哥，估计你俩跑散了。

提到穗穗，蔡葵秋说，家里发生的事，先不要跟她讲。还蚨明白大爹嘴里"发生的事"是什么事。想到"发生的事"他对大爹还心存看法，甚至有怨气。但当两男人面对面时，当听到大爹急促而又憔悴的哭叫声时，他心软了。自己虽未成家，但家的感觉开始令他萌生出既向往又惧怕的矛盾心理。

"她来了吗？穿黄裙子的，快，快，把她撵走，撵走……"重渊坐客房沙发，朝门外探问加使横。蔡葵秋意识到，重渊受了广告宣传的刺激才这样。女人跟女人，原来妒忌心这样可怕，难怪……

蔡葵秋又想到给薪尧下药的事，也就更加确信，是重渊所为！当时若剂量再放大些，后果真的不堪设想。可薪尧马上要提起诉讼，自己的现任妻子将自己的前妻推上法庭，会是怎样的结局？量刑或轻或重对已经经不起折磨的女人来说，都是致命的灾难。

41

　　他想托谷腴瘦出面，跟薪莐求个情；想托骊书记出面，跟薪莐服份理；想托杲警官出面，能调庭就调庭。这个家，不能没了女人！

　　"没事了，没事了喔，这个家就你一个女人，没人跟你抢呐。"蔡葵秋连捧带哄，将重渊抱进卧室，端水递药，说吃了就能睡，等你醒来饭就好啦。噢，差点忘了说，昨天呀爨琴来过，说到义乌办事，顺道看你；看你呼噜打的，说不打搅了，还送块五花肉，四五斤呢。胡子八叉的五大三粗，心还挺细的，估计老舅临走叮嘱过，知道你爱吃霉干菜炒肉。待会我就给你炒，等你醒来呐，保证吃个够。

　　外面雨稍有收敛，还蚨说回晚了又得挨骂；蔡葵秋递把天堂伞，小声说，明天周日休息，陪你妈过来趟。他承想为这对母子换个好好说话的机会，自己呐也好从中调和调和。家庭关系不冷不热，社会上咋想？

　　"五毒饼买了没？"蔡葵秋转身追了句。还蚨耸耸肩，摊开双手。

　　"哇，霉干菜炒肉吧，这香！"第二天刚上班，见门开着，人和声音同时进来，说蔡师傅，这棵大樟树我们鉴定过，有420年树龄。上周他俩来采样，瘦高个年轻，本市人，陪微胖矮个年长者从杭州来，农林科学院的，很惊讶，说树体不错，还发幼枝呢，不过得支架子，空心的那股，快撑不住了。

420年树龄？乖乖！若这树是蔡家人栽的，那么，曾孙玄孙来孙昆孙仍孙八叶耳孙守下来，到我蔡葵秋，充其量只能算根独枝断苗了。

话题扯来扯去自然靠到老房子，市里已批文立项，相关部门在做方案，等审核拨款，过完年就可以大修。这树生命力旺盛，能重新获得保护，也是D城人的福音啊……

"哟，霉干菜炒肉吧，好香！"后脚搭前脚，同腔同调，谷腴瘦气色不错，还蚨贴在身后，手握车钥匙，"中国结"缀在上面，甩得老长。

还蚨也证实了瘦高个的说法，并透露自己恰好被借调参与此方案的部分工作；蔡葵秋"目"字脸就越掉越长越坠越阴沉：房子守不住，连落脚都成了问题，年后何去何从同样成了叠加在他无以复加的最大最急切的心病之一。

谷腴瘦说院里来人，请她回单位复职，"颜雏贪腐案"已给出官方定性，跟自己关系不大。何况，颜雏被"双规"没几天就死了，老病，心肌梗死。

"还有呢。"谷腴瘦听到"重新获得保护"几个字，就借话赶话，说今天来同样为了"重""新"那两款镯子，她想盘下来，钱不是问题，只为补齐第09999号和第10000号的缺憾，念想就足了。镯子和人一样，要是能让生命精雕细琢重新来过，该是多么有意义的一件事啊！

蔡葵秋木讷地杵在那；还蚨借右手腕将"中国结"一圈圈地绕着，脸色通红。

沉默片刻后，蔡葵秋支支吾吾苦笑道，那两款镯子，你得问重渊和薪莞，她俩说咋办就咋办，我现在还能有啥意见呢？

这是大实话，尽管镯子是蔡家的，但已赋予两个女人，命运使然。而他自己已被镯子整怕了，整累了，差点被整死了。

"这样好，这样好——"蔡葵秋将声音拉长，边转身边这样说着，连他自己也不清楚要表达什么意思，却又言不由衷地冒了句："你们等等，带点霉干菜炒肉回去吧！"

这话听上去，不知是请客令还是逐客令，母子俩同样无话可说，被晾在大樟树下。

"'关系不大'当然好了！"蔡葵秋进门间顺手拍拍耳朵，没听错吧？就他俩那些风花雪月墙头事，早被坊间传得沸沸扬扬，连阿猫阿狗都晓得。兴许官方与民间对"贪腐"二字存在认知误差，这方面政府是零容忍的！老百姓绝对拍手叫好，绝对信任政府。

就在蔡葵秋装满菜要出厨房的空隙，外面吵了起来，越吵越激烈，措辞越听越不靠谱。最后，还蚨竟将"中国结"车钥匙重重地甩给谷腴瘦，愤愤然冲出街门，简直是捻捻的做派！谷腴瘦气得紧追几步，破口大骂"你个没良心的畜生"，跺脚不解气，脱了高跟鞋，"嗖"地扔过去。

蔡葵秋手捧盛满霉干菜炒肉的苇筒，杵在院子当中，目视谷腴瘦气得变了体形的身子消失在门外，简直没了主意。

"表哥啦，你看这行不？"重渊站在门槛，好像眼前从没发生过什么事似的。她已将新买的三件套套在身上，满脸只剩笑，那双田宅宫肿皮眼闪着光彩，在蔡葵秋内心隐隐升腾起极其熟悉的感觉。对！新婚第二天早上，重渊就这站姿，连眼神笑颜都没变，重现了二十多年前的样子，只是添了几分傻气。

"行呐，好看！"蔡葵秋长长地叹口气，收回视线，换种欣赏的眼光颇具安慰地说。

"那帮我拍张照行不?"重渊得到鼓励,把笑脸编织成花儿似的摆起造型。蔡葵秋顺从地将手中苇筒放窗台上,掏出手机,打开相机操作,啪啪啪一顿猛按,并说可以请还蚨制成抖音或视频什么的,年轻人都玩这。

"噢,再拍几张,把老房子拍进去,留个念想。"蔡葵秋忽然想起瘦高个的话。

"我要两人照!"重渊嚷嚷起来。蔡葵秋再觉得不妥也不好说,算什么关系?

"哇,好香呀,蔡叔家烧了霉干菜炒肉吧!"呆警官进来。全都长了狗鼻子,嗅着香味摸来的。赶得早不如赶得巧。

"噗嗤"包子从窗台跳下,将苇筒打翻在地,满地都是肉,香气瞬间弥漫了蔡家大院。

"你这身警服,连猫狗见了都怕。"蔡葵秋难得开句玩笑,而且敢跟穿警服的开。

"我来帮你俩拍吧。"呆警官用"你俩"称呼着接过手机,选准背景,同样一顿猛拍,移动老房子的不同角度,包括大樟树。只是,看着这对年上五旬的半搭老人,拉手贴身的动作别别扭扭,呆警官无以评论。他给蔡家带来了不知是添喜还是惹悲的消息。

"蔡叔啊,十年前那起车祸案,肇事司机昨天投案自首了。"呆警官边说边看蔡葵秋,见没反应,又补充道:"司机是个男的,四十岁,叫肖遥。肖,就是'逍'字去掉走之旁;遥,遥远的'遥'。案子拖了这么久,可能是良心发现吧,其实人一直就在本市。蔡叔,您是受害人唯一健在的亲属,也只有您有权提起诉讼。"

"肖遥?小杳?"蔡葵秋自言自语,也在情理与预料中,平静地搀扶重渊进屋，如释重负般地长吁一口气，仍旧重复着"算了""算了""算了"。

2022 年 4 月 4 日起笔于宁夏灵洲苦水河北岸

2022 年 12 月 6 日收笔于浙中滴水书院